KB249004

BESTSELLERWORLDBOOK 29

좁은문

앙드레 지드 지음 | 김재천 옮김

소담출판사

김재천

김현승 시인의 추천으로 문단 등단
다형시 문학상 수상. 현 국민일보 주간국 취재부장
역서로 『귀향』, 『위대한 유산』, 『가진자와 안 가진자』, 『향수』 등 다수

BESTSELLERWORLDBOOK 29

좁은문

펴낸날 | 1992년 8월 7일 초판 1쇄
        1996년 4월 6일 중판 1쇄
        2003년 6월 30일 중판 34쇄

지은이 | 앙드레 지드
옮긴이 | 김재천
펴낸이 | 이태권
펴낸곳 | 소담출판사
        서울시 성북구 성북동 178-2 (우)136-020
        전화 | 745-8566~7 팩스 | 747-3238
        e-mail | sodam@dreamsodam.co.kr
        등록번호 | 제2-42호(1979년 11월 14일)

ISBN 89-7381-029-4 00860
● 책 가격은 뒤표지에 있습니다.

www.dreamsodam.co.kr

La Porte Étroite

André Gide

좁은 문으로 들어가기를 힘쓰라.

— 「누가복음」 제13장 24절

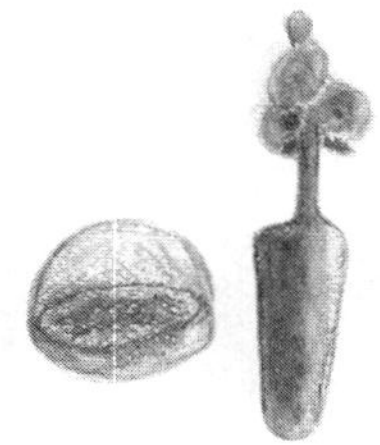

La Porte Étroite

1

다른 사람들이라면 이것으로 한 권의 책을 만들어 낼 수도 있었을 것
이다. 그러나 지금부터 내가 하려는 이야기를 체험하는 데는 내 모든 힘
과 기력을 바치고 소모해야만 했다. 그래서 난 그저 꾸밈없이 내 추억들
을 써 보려 한다. 설사 그것들이 군데군데 조각 나 있다 할지라도 그것
을 깁거나 잇기 위해 새로 이야기를 지어내는 그런 짓은 결코 하지 않겠
다. 그렇게 추억들을 꾸미느라고 쏟는 노력이 내가 이 추억을 이야기함
으로써 발견하고 싶은 마지막 즐거움을 방해할지도 모르기 때문이다.

내가 아버지를 여의었을 때, 나는 열두 살도 채 못 됐었다. 아버지가
의사로 계시던 르아브르에는 이제 더 이상 어머니의 마음을 붙드는 것
이 아무것도 없었고 나의 학업도 좀더 좋게 끝마칠 수 있다고 생각하여,
어머니는 파리에 와서 살기로 결정하였다. 어머니는 룩상부르 공원 근
처에 작은 아파트를 하나 빌렸고, 미스 애슈부르통이 와서 우리와 함께

살게 되었다. 가족이라곤 아무도 없던 미스 플로라 애슈부르통은 처음엔 어머니의 가정교사였는데, 나중엔 말벗이 되더니 마침내는 친구가 되었다. 한결같이 온화하고 슬픈 표정에 지금도 상복 차림을 한 것으로밖에는 기억되지 않는 이 두 여인네 곁에서 살았던 것이다. 아버지가 돌아가신 지 꽤 오래된 후로 생각되는 어느 날 어머니는 모자의 검은 리본을 연보랏빛 리본으로 바꾸셨다. 그래서 나는 큰소리로 외쳤다.

"엄마! 그 빛깔은 정말 엄마한테 어울리지 않아요!"

그 다음날 어머니는 다시 검정 리본을 달고 계셨다.

허약 체질이었던 나를 피곤케 하지 않으시려는 어머니와 미스 애슈부르통의 정성에도 내가 한낱 게으름뱅이로 전락하지 않은 것은 진정으로 내가 공부하는 데 재미를 붙였기 때문이다. 봄 날씨가 화창해지자마자, 이 도시가 날 창백하게 만든다며 두 분은 내가 그 도시를 떠날 시기가 됐다고 생각하셨다. 그래서 매년 6월 중순경이면 여름마다 나의 뷔콜랭 외삼촌이 맞아 주는 르아브르 부근의 퐁그즈마르로 우리는 출발했다.

그다지 크지도 아름답지도 않은, 노르망디 지방의 다른 정원과 별반 다를 것이라고는 아무것도 없는 정원 안에 자리잡은 삼층의 하얀 뷔콜랭 별장은 15세기 시대의 그 숱한 시골 별장들과 흡사했다. 동쪽으로는 정원을 향해 스무 개 남짓한 큼직한 창들이 나 있고, 뒤쪽에도 그만큼의 창들이 나 있다. 하지만 양쪽 곁으로는 창이 하나도 없었다. 창에는 작은 유리들이 끼어 있는데, 갈아 끼운 지 얼마 안 된 몇 개의 유리는 옆의 푸르고 흐릿해 보이는 해묵은 유리 가운데서 너무나 맑아 보였다. 어떤 것들은 집안 어른들이 '거품' 이라고 부르는 홈이 있어서, 그것들을 통해 보면 나무는 비틀거리고 그 앞으로 지나가는 우체부는 갑작스레 혹이 달리기도 했다.

긴 네모꼴의 정원은 담으로 둘러싸여 있으며 집 앞쪽으로 그늘이 지는 널찍한 잔디밭을 이루고, 모래와 자갈이 깔린 좁은 길이 잔디밭의 둘레를 이루어 이쪽에서는 담이 낮아 정원을 둘러싼 농가의 안마당이 보였다. 그 안마당은 이 마을의 방식대로 너도밤나무가 심어져 있는 큰길로 경계를 이루었고, 집 뒤 서쪽으로 정원이 한결 시원스레 펼쳐졌다. 꽃이 만발한 오솔길이 남쪽에 있는 과목의 가지런한 가지들 앞으로 나 있어, 포르투갈 산 월계수의 두터운 장막과 몇 그루 나무들에 의해 바닷바람을 피했다. 북쪽 담을 따르는 또 하나의 오솔길은 나뭇가지들 사이로 사라졌는데, 내 사촌누이들은 그 길을 '어두운 길' 이라고 부르며 저녁놀이 스러진 다음이면 감히 그 길로 들어서려고 하지 않았다. 이 두 길은 채소밭으로 통하고, 층계를 몇 개 내려서면, 그 채소밭은 아래 정원으로 이어졌다. 또 채소밭의 구석 쪽으로, 자그마한 비밀문이 뚫려 있는 담 맞은편으로 벌채림이 보이는데, 너도밤나무가 늘어선 길이 좌우로 그곳까지 닿고 있다. 서쪽 현관 층계에서 보면 이 숲 너머로 고원이 보이고, 고원을 뒤덮고 있는 농장의 수확물을 감탄스레 바라보게 된다. 지평선 쪽으로 그리 멀지 않은 곳에 작은 마을의 교회가 있고, 해질 무렵 바람이 잔잔할 때면 마을의 몇몇 집에서 오르는 연기도 보인다.

아름다운 여름날 저녁이면 언제나 식사가 끝난 후 우리는 '아래 정원' 으로 내려갔다. 그 작은 비밀문을 통하여 나가서, 그 지방 일부분이 내려다보이는 너도밤나무 가로수 길의 벤치까지 가는 것이었다. 거기 폐광(廢鑛)이 된 이회암갱(泥灰巖坑)의 초가지붕 근처에 있는 벤치에는 외삼촌과 어머니, 그리고 미스 애슈부르통이 종종 앉아 있곤 했다. 우리 앞에 보이는 작은 계곡은 안개로 가득 차 있고, 저 멀리에 있는 숲 위로 하늘은 붉게 물들어 갔다. 그런 다음에도 우리는 이미 어둑어둑해진 정원 깊숙이에서 늦게까지 시간을 보냈다. 우리가 다시 집안에 들어와 보면·우리와 함께 한 번도 외출을 해본 적이 없는 외숙모가 응접실에 앉아 있는 것을 볼 수 있다. 우리들에게는 이것으로 저녁 시간이 끝나는 것이었지만, 가끔 우리는 우리들의 침실에서 한참 후에 부모님들이 올라오시는 발소리를 들을 때까지 책을 읽곤 하였다.

정원에서 보내는 시간을 제외한 거의 모든 시간을 '공부방'에서 보냈다. 그곳은 외삼촌의 서재로서 책상들이 놓여져 있었다. 외사촌 동생 로베르와 나는 나란히 앉아 공부하였고, 등 뒤에선 줄리에트와 알리사가 공부하였다. 알리사는 나보다 두 살 위고, 줄리에트는 한 살 아래, 로베르는 우리 네 사람 가운데서 가장 어렸다.

여기서 내가 쓰려고 하는 것은 단지 나의 어린 날의 추억들을 얘기하려는 것이 아니고 이 이야기와 관계 있는 것들뿐이다. 사실상 이 이야기가 시작되는 때라고 말할 수 있는 것은, 바로 나의 아버지가 돌아가신 그 해부터이다. 집안의 불행과 내 자신의 슬픔 때문이 아니라면, 적어도 어머니의 슬픔을 보아서 그런지 몹시 자극을 받은 나의 감수성은 나에게 새로운 감정을 일으켰고, 그래서 나는 다른 아이들에 비해 상당히 조숙했다. 그해 우리가 다시 퐁그즈마르에 갔을 때 줄리에트와 로베르가 내

게는 퍽 어려 보였다. 하지만 알리사를 보자 우리들은 이제 어린애들이
아니라는 걸 갑자기 느꼈던 것이다.

그렇다. 그것은 나의 아버지가 돌아가시던 해가 분명하다. 이러한 내
기억을 확신시키는 것은, 우리가 도착한 직후에 미스 애슈부르통과 어
머니가 나누던 그 대화이다. 어머니가 그의 친구와 함께 이야기하던 방
에 난 아무 생각 없이 들어섰다. 이야기는 외숙모에 관한 것으로, 외숙
모가 상복을 입지 않았다든가, 아니면 입었다고 해도 벌써 벗었다는 데
대해 어머니는 노여워하고 있었다(사실, 어머니가 밝은 옷차림을 한 것
만큼이나, 뷔콜랭 외숙모가 상복차림을 한 걸 상상하기란 나에게는 불
가능했다). 우리가 도착하던 그날, 지금 내가 기억하는 바로는 뤼실 뷔
콜랭은 모슬린으로 만든 옷을 입고 있었다. 언제나 그렇듯이 타협적인
미스 애슈부르통은 어머니의 마음을 가라앉히려고 애쓰고 있었다. 그러
면서 애슈부르통은 조심스럽게 이런 결론을 내리는 것이었다.

“어쨌든 흰색의 옷도 상복 차림이긴 하지요.”

“그럼 그녀의 어깨에 걸친 붉은 숄도 ‘상복’ 차림이라고 하실 참인가
요? 플로라, 당신은 지금 내 화에 부채질을 하고 계시는군요.” 하고 어머
니는 소리를 질렀다.

내가 여름방학 동안밖에 외숙모를 보지 못해서 그런지 언제나 내 눈
에 익숙해진 가볍고 넓게 파진 웃옷은 분명 여름의 더위 때문이었을 것
이라는 생각이 든다. 그러나 외숙모가 드러낸 어깨에 걸친 숄의 불타는
듯한 빛깔보다도 더욱 어머니를 화나게 했던 것은 가슴을 그처럼 깊이
파낸 점이었다.

뤼실 뷔콜랭은 몹시 아름다웠다. 지금 내가 간직하고 있는 외숙모의 작은 초상은 그 당시의 외숙모의 모습을 그대로 보여 준다. 그녀는 자기 딸들의 맏언니로나 보일 만큼 젊은 모습으로 비스듬히 앉아서 노상 버릇처럼 하는 포즈로 얼굴을 왼손으로 갸우뚱 괴고 새끼손가락을 일부러 멋있게 입술가로 굽히고 있었다. 올이 굵은 헤어네트가 목덜미 위로 반쯤 흘러내린 곱슬머리 다발을 받치고 있고, 웃옷 깃 사이의 둥글게 패인 곳엔 검정 빌로드로 만든 느슨한 목걸이에 이탈리아식 모자이크의 메달이 달려 있었다. 큼직한 매듭이 흔들거리는 검정 빌로드의 허리띠, 모자뿐으로 의자 등걸이에다 걸어두던 차양이 넓은 부드러운 밀짚모자, 이 모든 것들이 외숙모의 모습을 더욱 앳되게 하는 것이었다. 축 내려뜨린 오른손은 펴지 않은 책을 하나 든 채 말이다.

뤼실 뷔콜랭은 식민지 태생으로 부모가 누군지 모르거나 아니면 아주 일찍이 여의거나 했다. 어머니가 훗날 나에게 들려준 이야기로는, 내버려졌거나 고아였는데, 그때까지 아이가 없던 보티에 목사 가족에 의해 거두어졌다가 얼마 후 그들이 마르티니크 ― 서인도제도의 섬으로 핀란드의 식민지 ― 를 떠나게 되자, 뷔콜랭 가문이 정착해 살던 르아브르로 데려왔다는 것이다. 보티에 댁과 뷔콜랭 댁은 서로 내왕이 많은 사이였다. 나의 외삼촌은 그 무렵 외국에 있는 은행에 근무하고 있었다.

그가 나이 어린 뤼실을 보게 된 건 그로부터 3년째 되던 해인, 그가 가족들 곁으로 돌아왔을 때였다. 그 여자에게 홀딱 반해 버린 외삼촌이 그만 구혼하는 바람에 부모들이며 어머니의 속을 어지간히 썩혔다고 한다. 그때 뤼실은 열여섯 살이었다. 그러는 동안 보티에 부인은 애를 둘이나 갖게 되었고, 날이 갈수록 점점 이상한 성격을 띠어 가는 이 수양딸이 애들에게 끼칠 영향을 두려워하기 시작하였다. 게다가 가진 재산도 넉넉하지 못했고……. 이런 모든 것이 보티에 댁에서 외삼촌의 청혼을 즐거이 받아들이게 된 연유라고 어머니께서 들려주었다. 덧붙여서 내가 짐작해 보면, 그 젊은 뤼실이 그들을 몹시 곤란하게 하기 시작했을 거라는 것이다. 르아브르 사교계를 꽤 잘 아는 나로서는, 그처럼 매혹적인 처녀에게 남들이 어떻게 대했을지 쉽게 상상할 수 있다. 보티에 목사는 온유하고 조심성 있으며, 동시에 어수룩해서 속임수에 도무지 감당을 못하고, 악한 짓에 대해서도 전혀 무력한 위인이란 걸 나중에야 알았는데, 이 어지신 분이 필경 궁지에 몰렸을 것이 틀림없었다. 보티에 부인에 관해선 난 아무런 말도 할 수 없다. 부인은 넷째 아이, 거의 나와 같은 나이로 후에 나의 친구가 될 아이를 해산하다 세상을 떠났기 때문이다.

　뤼실 뷔콜랭은 우리 생활에 거의 참여하지 않았다. 점심 때가 지난 다음에야 겨우 자기 방에서 내려오는 것이었다. 그리고 이내 소파나 해먹에 길게 누워 있다가, 저녁 때가 되어서야 지친 듯이 일어나곤 했다. 그녀는 이따금씩 전혀 윤기라곤 없는 자기 이마에다 마치 땀이라도 훔치려는 듯이 손수건을 갖다대곤 하였다. 이 손수건의 섬세함과, 꽃 향기라기보다는 은은한 과일 향기 같은 그 내음은 나를 경탄시키기에 충분했다. 가끔 그녀는 허리띠에서 시계줄에 여러 가지 노리개와 함께 매달려 있는 은제(銀製) 뚜껑이 달린 조그마한 거울을 꺼내곤 하였다. 그녀는 그 거울을 들여다보면서, 손가락을 하나 입술에 갖다 대어 침을 조금 묻혀 가지곤 눈꼬리를 축이는 것이었다. 대체로 그녀는 책을 들고 있었지만 거의 언제나 펴지 않은 채였고, 책 속에는 조가비로 만든 페이퍼나이프 겸용 서표(書標)가 끼어 있었다. 누가 가까이 다가가도 그녀는 여전히 공상에 빠져 누군지 보려고도 하지 않았다. 그리고 힘없이 나른해진 것같은 손에서, 소파의 팔걸이나 스커트의 주름 사이에서, 손수건이나 책, 아니면 무슨 꽃이나 서표 같은 것들이 떨어지곤 하였다. 어느 날 그 책을 주워들다가 ― 지금 나는 소년 시절의 한 추억으로 이야기하고 있는 것이다. ― 그게 시집인 것을 보고는 얼굴을 붉혔다.

식사가 끝난 저녁에도 뤼실 뷔콜랭은 우리들이 있는 가족 테이블에 오지 않고, 피아노 앞에 앉아서 흥겨운 듯 쇼팽의 느린 마주르카를 치곤 하였다. 때로는 박자를 무시하고 어떤 한 화음을 누른 채 꼼짝 않고 가만히 있기도 하였다.

난 외숙모 곁에선 어떤 야릇한 거북스러움, 일종의 탄미와 두려움이 뒤섞인 불안한 감정을 느끼곤 했다. 아마도 알 수 없는 어떤 본능이 외숙모를 경계하게 했는지도 모른다. 게다가 외숙모는 플로라 애슈부르통과 어머니를 멸시하고 있다는 것과, 미스 애슈부르통이 그녀를 두려워하고, 어머니 또한 그녀를 좋아하지 않고 있다는 걸 난 느끼고 있었다.

뤼실 뷔콜랭 외숙모님, 나는 이제 더 이상 당신을 원망하지도 않으며, 당신이 내게 얼마나 못된 짓을 저질렀는지도 잠시 잊고 싶은 마음입니다. ……적어도 나는 아무런 노여움 없이 당신에 관해 이야기해 보도록 하겠습니다.

그해 여름의 어느 날 ─ 어쩌면 그 다음해일지도 모른다. 그도 그럴 것이, 언제나 똑같은 배경이므로 겹쳐진 내 추억들은 때때로 혼동을 일으킨다. ─ 나는 책을 한 권 찾으려고 응접실에 들어갔다. 외숙모가 거기 계셨다. 나는 곧바로 돌아 나오려고 했다. 보통 때는 나를 거들떠보지도 않는 것같던 외숙모가 나를 불렀다.

"왜 그렇게 빨리 내빼려고 하지? 제롬! 내가 무서우니?"

두근거리는 가슴으로 나는 외숙모 곁으로 가까이 갔다. 억지로 외숙모에게 웃어 보이고 손도 내밀었다. 외숙모는 한 손으로 내 손을 감싸 쥐고, 다른 손으론 나의 뺨을 어루만졌다.

"어쩜, 네 어머니는 이처럼 옷을 흉하게 입힌담, 가엾게도……."

그때 나는 깃이 널따란 세일러복 같은 것을 입고 있었다. 외숙모는 그 옷을 만지작거렸다.

"세일러복의 칼라는 훨씬 더 젖혀 입는 거야!"

외숙모는 내 셔츠 단추를 풀면서 말하였다.

"자! 보렴, 이렇게 하는 게 한결 나아 보이지 않니?"

그리고는 그 조그마한 거울을 꺼내면서 자기의 얼굴에다 내 얼굴을 끌어당기고는, 드러낸 팔로 내 목을 감더니 반쯤 열린 내 셔츠 속으로 손을 미끄러뜨려, 웃으면서 간지럽지 않느냐고 묻더니, 손을 더 깊숙이 아래로 밀어 넣었다……. 내가 하도 갑작스레 펄쩍 뛰는 바람에 그 세일러복이 그만 찢어지고 말았다. 내 얼굴은 벌겋게 닳아올랐다.

"어머나! 저런 바보 좀 봐!"라고 외숙모가 소리치는 사이에 나는 몸을 빼서 달아났다. 그리곤 정원 구석까지 도망쳐 와서는 거기서 채소밭의

조그만 빗물 통에 손수건을 적셔 이마를 닦고 볼이랑 목덜미 할 것 없이
외숙모가 만졌던 곳은 전부 다 닦고 문질렀다.

　때때로 뤼실 뷔콜랭에게는 그 '발작' 이 일어났다. 발작은 갑자기 일
어나서 온 집안을 놀라게 하는 것이었다. 미스 애슈부르통이 부랴부랴
애들을 데리고 나가 돌봤지만 도저히 침실이나 응접실에서 새어나오는
그 무서운 고함 소리를 애들이 못듣게 막을 수는 없었다. 외삼촌이 미친
사람처럼 수건이나 오 드 콜로뉴나 에테르 등을 찾느라고 복도를 뛰어
다니는 소리가 들렸다. 저녁 때가 다 되도록 아직도 외숙모의 모습이 나
타나지 않자 외숙은 줄곧 걱정에 잠겨 늙수그레한 안색을 하고 있었다.
　발작이 거의 끝나 갈 즈음이면 뤼실 뷔콜랭은 아이들을 자기 가까이
로 부르곤 하였다. 로베르와 줄리에트만을. 그러나 알리사를 부른 적은
결코 없었다. 이런 우울한 날이면, 알리사는 자기 방에 틀어박혀 있었
고, 그녀의 아버지가 때때로 그녀를 보기 위해 찾아가곤 했다. 외삼촌은
가끔 그녀와 이야기를 나누었던 것이다.
　외숙모의 발작은 하인들에게 큰 충격을 주었다. 발작이 유별나게 심
했던 어느 날 저녁, 나는 응접실에서 무슨 일이 벌어지는지 잘 알 수 없
는 어머니 방에 어머니와 함께 들어앉아 있는데, "주인님, 빨리 내려오
세요. 마님이 지금 돌아가시려고 해요!" 라고 식모가 소리 치며 복도를
달려가는 소리가 들렸다.
　외삼촌은 알리사의 방에 올라가 있었다. 어머니가 외삼촌을 부르러
나갔다. 한 15분쯤 후, 내가 있던 방의 열려진 창 앞을 무심히 두 분이

지나갈 때 어머니의 말소리가 내게 들려왔다.

"네게 말해둔다만…… 이건 모두 다 연극이야." 그리고 몇 번이나, 음절을 똑똑히 떼어 발음하며, "연극이야."라고 말하는 것이었다.

이것은 방학이 끝날 무렵에 있었던 일로 아버지가 돌아가신 지 두 해 되던 때였다. 그 일이 있은 후 나는 오랫동안 외숙모를 볼 수 없었다. 그러나 우리 집안을 뒤집어 놓은 그 슬픈 사건에 관해 이야기하기 전에, 그리고 그러한 결말이 나기 조금 앞서, 내가 뤼실 뷔콜랭에 대해 느끼던 복잡하고도 막연한 느낌을 뚜렷한 증오감으로 만들어 버린 한 우연하고도 사소한 사건을 이야기하기 전에, 나의 외사촌 누이에 관해 이야기를 할 때가 된 듯싶다.

알리사 뷔콜랭이 예뻤었다는 걸 나는 그때까지도 느끼지 못하고 있었다. 그녀 곁에 있으면 단순한 아름다움보다는 어떤 매력 때문에 조심스러워지곤 했다. 확실히 그녀는 자기 어머니를 많이 닮았다. 그러나 그 눈매가 그녀의 어머니와는 퍽 달랐기 때문에 난 그들이 닮았다는 것을 나중에야 깨달았던 것이다. 나는 지금 그녀의 얼굴 모습을 전혀 표현할 수 없다. 얼굴 윤곽이며, 눈동자의 빛깔마저도 생각해 낼 수 없다. 다만 생각나는 것은 그 무렵에 벌써 수심이 서려 있던 그 미소 짓는 표정과, 커다란 동그라미를 그리며 유난히도 눈과 떨어져서 올라붙은 그 눈썹의 선이 기억날 뿐이다. 그러한 눈썹을 나는 어디서도 본 적이 없다. 그저 다만, 단테 시대의 플로렌스의 작은 입상(立像)에서나 보았을 뿐. 그래서 난 어린 시절의 베아트리체도 그처럼 아주 커다랗게 호선을 그린 눈썹이었으리라고 상상한다. 그 눈썹은 그녀의 눈매에, 아니 몸 전체에 근심스러우면서도 남을 믿는 듯한 질문의 표정 — 그렇다, 열정적인 질문의 표정을 띠게 해주었다. 그녀에게 있어서는 모든 것이 다만 물음이며, 또 기다림이었던 것이다. 이런 물음이 어떻게 날 사로잡았으며, 나의 생애를 어떻게 만들었는지를 나는 여러분들에게 이야기하려는 것이다.

그러나 어쩌면, 줄리에트가 더 예뻐 보일 수도 있었다. 그녀에게선 즐거움과 건강이 눈부시게 빛을 내고 있었으니까. 그러나 그녀의 아름다움은 언니의 매력에 비하면 외형적이고, 누구에게나 단번에 드러나는 것 같았다. 외사촌 로베르에 대해 말하면 특별한 것이라곤 하나도 없는 성격이었다. 그저 거의 내 또래의 한 사내애였을 뿐이다. 나는 줄리에트와 로베르와는 어울려 놀았고 알리사와는 이야기를 하였다. 알리사는 우리들의 놀이에 거의 끼어들지 않았다. 아무리 아득한 과거 속에 다시 잠겨 보아도, 진지하고 부드럽게 미소를 띤 채 생각에 잠긴 듯한 모습밖엔 떠오르지 않는다. 우리는 무엇에 관해 이야기를 하였던가? 어린애들 둘이서 나눌 수 있는 이야기란 무엇에 관해서일까? 이제 곧 당신들에게 그걸 이야기하겠다. 하지만 우선, 다시는 외숙모의 얘기를 꺼내지 않아도 되게끔 그녀에 관한 이야기를 다 끝내 버리고 싶다.

아버지가 돌아가시고 두 해 되던 때, 나와 어머니는 부활절 휴가를 보내려고 르아브르에 갔었다. 시내에서 매우 비좁게 살고 있던 뷔콜랭 외삼촌 댁에 머무르지 않고, 한결 집이 넓은 큰 이모 댁에서 지내게 되었다. 좀처럼 만나 볼 기회가 없었던 플랑티에 이모는 오래 전부터 과부로 지내고 있었다. 나보다 나이가 많고 또 성격도 전혀 다른 이모의 아이들을 나는 겨우 얼굴이나 아는 정도였다. 르아브르에서 사람들이 '플랑티

에 댁' 이라고 부르는 이모 댁은 시내에 있는 것이 아니라, '산기슭' 이
라고 불리는 시내가 내려다보이는 언덕의 중턱쯤에 있었다. 뷔콜랭 외
삼촌 댁은 상가(商街) 근처에 살고 있었는데, 가파른 언덕만 넘어가면
아주 순식간에 왕래할 수 있었다. 나는 하루에도 몇 번씩이나 이 길을
뛰어내려 갔다가는 다시 기어오르곤 했다.

　그날, 나는 외삼촌 집에서 점심을 먹었다. 식사가 끝나고 얼마 안 되
서 외삼촌은 외출을 했다. 나는 그의 사무실까지 따라갔다가, 다시 어머
니를 찾으러 플랑티에 댁으로 올라갔다. 가서 보니 어머니는 이모와 함
께 외출을 하셨고 저녁 식사 때에나 돌아오시리라는 것을 알았다. 나는
곧장 시내로 다시 내려왔다. 시내를 내 멋대로 돌아다닐 수 있다는 건
자주 있는 일이 아니어서 나는 부둣가로 나갔다.

　부두는 바다 안개로 침울해 보였다. 한두어 시간 선창가를 쏘다녔다.
갑자기, 이제 방금 작별하고 온 알리사를 불쑥 찾아가서 깜짝 놀래 주고
싶은 충동이 나를 사로잡았다. 나는 달음박질을 하여 시내를 가로질러
가서, 뷔콜랭 댁의 초인종을 눌렀다. 이미 나는 층계 위를 뛰어오르고
있었다. 그런데 내게 문을 열어 준 하녀가 나를 가로막고 말했다.

　"제롬 도련님! 올라가지 마세요. 올라가지 마시라니까요, 마님이 발
작을 일으키셨어요."

　그러나 난 뿌리치고 올라갔다. 내가 만나러 온 건 외숙모가 아니니까.
알리사의 방은 사층이고 이층엔 응접실과 식당, 삼층엔 외숙모의 방이
있었는데, 그 방에서 말 소리가 새어나오고 있었다. 방문이 열려 있었
고, 그 앞을 지나야만 했다. 한 줄기 불빛이 방에서 흘러나와 층계참을

가로질렀다. 들킬까 봐 두려워서 잠시 망설이다가 몸을 숨겼다. 그러나 다음과 같은 것을 보고 아연실색해버렸다. 커튼이 내려져 있기는 했지만 두 개의 갈대 촛대에 꽂힌 촛불이 즐거운 빛을 펼치고 있는 방 한가운데에 외숙모가 긴 의자에 누워 있고, 그 발 밑에 로베르와 줄리에트, 외숙모 뒤에는 중위의 군복을 입은 낯선 한 젊은 사내가 있었다. 그 두 아이가 그곳에 있었다는 건 지금 생각해 보면 망측한 일이지만, 그 무렵의 순진한 나로서는 오히려 그게 안심스러웠다. 맑고 부드러운 목소리로 이런 말을 되풀이하는 그 낯선 사람을 애들은 웃으면서 바라보고 있었다.

"뷔콜랭! 뷔콜랭! 내게 양이 한 마리 있다면 나는 틀림없이 뷔콜랭이라고 부를걸." ('목가(牧歌)' 란 의미의 '뷔콜랭' 이란 말을 흉내낸 농담)

외숙모조차 깔깔대며 웃고 있었다. 나는 외숙모가 젊은 사나이에게 담배 한 대를 내밀자 그가 불을 붙이고 외숙모가 몇 모금 빠는 것을 보았다. 담배가 방바닥에 떨어졌다. 사내는 담배를 주우려고 달려나오다 외숙모의 숄에 발이 감긴 척하면서 외숙모의 앞으로 무릎을 꿇는 것이었다. 우스꽝스러운 이 연극 덕택으로 난 들키지 않고 사층으로 올라갔다.

드디어 알리사의 방문 앞에 서게 되었다. 잠시 기다렸다. 웃음 소리와 떠들썩하는 소리가 아래층으로부터 들려왔다. 아마도 그 소리가 내 노크 소리를 덮어 버렸는지 아무런 대답이 없었다. 나는 문을 밀었다. 문이 조용히 열렸다. 방 안은 몹시 어두워 얼른 알리사를 알아 볼 수가 없었다. 알리사는 저무는 햇살이 스며드는 창문을 등지고 침대 머리에 무릎을 꿇고 앉아 있었다. 내가 가까이 가자, 그녀는 고개를 돌렸지만 일어서지는 않고 조용히 소곤거리 듯 말했다.

"오! 제롬, 왜 돌아왔니?"

나는 키스를 하려고 몸을 굽혔다. 그녀의 얼굴은 온통 눈물로 젖어 있었다. 이 순간이 나의 일생을 결정짓고 말았다. 지금도 나는 괴로워하지 않고 그 순간을 회상할 수가 없다. 물론 나는 알리사가 괴로워하는 원인이 무엇이라는 것을 어렴풋이 짐작했을 뿐이었다. 그러나 나는 그 슬픔이, 팔딱거리는 이 작은 영혼과 오열로 온통 흔들리는 연약한 이 육신에게는 너무나 벅찬 것이라는 것을 뼈저리게 느꼈던 것이다.

나는 여전히 무릎을 꿇고 있는 알리사 곁에 그대로 서 있었다. 나는 내 가슴속에서 솟구치는 그 격정을 어떻게 표현해야 할지 모르고 있었다. 다만 그녀의 머리를 내 가슴에 끌어안고, 내 영혼이 흐르고 있는 입술을 그녀의 이마에 대고 있었다. 사랑과 연민에 취하고, 감격과 희생과 정성이 뒤섞인 어떤 막연한 감정에 잠겨, 나는 있는 힘을 다하여 하나님에게 호소하였고, 이제는 내 삶의 목적이 다만 두려움과 악과 삶으로부터 그녀를 보호하는 것뿐이라고 생각하면서 스스로 내 몸을 바치기로 하였다. 기도로 가득 찬 나도 마침내 무릎을 꿇었다. 나는 그녀를 내 몸으로 보호하 듯 감싸 안았다. 어렴풋이 그녀가 말하는 걸 나는 들었다.

"제롬! 그들이 너를 못 보았지, 그렇지? 자! 빨리 가! 그들이 너를 보아선 안 돼."

그리고는 더 낮은 소리로 또 이렇게 말했다.

"제롬, 아무한테도 말하지 마! 가엾은 아버지는 아무것도 모르시니."

　그래서 나는 어머니에게조차 아무 말하지 않았다. 하지만 플랑티에 이모가 어머니와 끊임없이 하던 그 수군거림이며, 두 분의 안절부절 못하며 근심스러워하고 무언지 숨기는 듯하던 모습이며, 밀담하는 곳에 내가 가까이 갈 때마다, "얘, 저리 가서 놀려무나." 하시면서 나를 멀리 하시던 일, 이 모든 것이 그분들도 뷔콜랭 댁의 비밀을 전혀 모르고 있지 않다는 것을 내게 가르쳐 주었다.

　우리가 파리에 돌아오자마자 한 장의 전보가 어머니를 다시 르아브르로 불러 갔다. 외숙모가 달아나 버렸다는 것이었다.

　"누구와 함께요?"라고 나는 어머니가 나를 맡긴 미스 애슈부르통에게 물었다.

　"얘, 그건 어머님께나 여쭤보렴. 난 네게 아무것도 대답할 수 없구나."라고 이 사건에 어리둥절해진 나이 많은 정다운 친구는 말하였다.

　이틀 후, 그녀와 나는 어머니를 쫓아가기 위하여 출발했다. 그날은 토요일이었다. 그러니 나는 다음날 외사촌 누이들을 교회에서 만날 것이었다. 내 마음은 오직 이 생각으로 꼭 차 있었다. 내 어린 마음에는 우리가 이런 장소에서 만남으로써 우리들의 재회가 신성화된다는 것이 몹시 대견스러웠다. 아무튼 외숙모에 대해선 별로 관심도 없었고 어머니에게도 캐묻지 않는 것이 체면상 좋을 듯싶었다.

　그날 아침 조그마한 예배당에는 사람이 별로 많지 않았다. 보티에 목사는 아마 일부러 그런 것이겠지만, "좁은 문으로 들어가기를 힘쓰라." 라는 말씀을 묵도를 위한 설교 재료로 택하였다. 알리사는 나보다 몇 자리 앞에 있었다. 나는 그녀의 옆 모습만을 보았다. 나는 내 자신을 잃어 버릴 정도로 그녀를 뚫어지게 바라보고 있었기 때문에 온 정신을 기울여 듣고 있는 그 말씀도 그녀를 거쳐서 듣는 듯싶었다. 외삼촌은 어머니 곁에 앉아 눈물을 흘리고 있었다. 목사는 먼저 전 구절을 다 읽었다.

"좁은 문으로 들어가기를 힘쓰라. 멸망으로 인도하는 문은 크고 그 길이 넓어 그리로 들어가는 자가 많고, 생명으로 인도하는 문은 좁고 협착하여 찾는 이가 적음이라."

그리고 나서 주제를 분명하게 나누어 밝혀 말하면서 우선 첫째로 넓은 길에 대한 말씀을 하셨다. ……나는 멍하게 꿈속에서처럼 외숙모의 방을 다시 회상하고 있었다. 드러누운 채 웃고 있던 외숙모와 역시 웃고 있던 번지르르한 장교를 그려보았다. ……웃음이니 즐거움이니 하는 것 자체가 바로 불쾌하고 모욕적인 것으로 생각되고, 죄악의 가증스러운 과장인 것같이 여겨졌다.

"그리로 들어가는 자가 많고……."

보티에 목사는 계속해서 설교를 해나갔다. 이어 자세히 설명함에 따라, 난 히히덕거리며 웃으면서 앞으로 나가며 행렬을 이루는 화려한 차림새의 군중을 보았다. 나는 그런 행렬에 낄 수도 없겠지만 끼고 싶지도 않다는 생각이 들었다. 내가 그들과 함께 걸어나갈 그 한 걸음 한 걸음이 알리사로부터 나를 더 멀리 떼어놓을 것같았기 때문이었다. 그러자 목사는 인용구의 첫 대목을 되풀이했고, 난 애써서 들어가야 할 그 좁은 문을 보았다. 내가 잠겨 있던 꿈속에서 그 문을 흡사 일종의 금속압연기(金屬壓延機)처럼 상상하고는 그 속으로 힘써 들어가는 것이었다. 더할 수 없는 고통이긴 하지만 그 고통에 천국의 지복(至福)을 미리 느낄 수 있는 어떤 맛이 섞여 있는 그런 고통과 함께 가는 거라고 생각했다. 그러자 그 문은 다시 알리사의 바로 그 방문이 되는 것이었다. 그 문으로 들어가기 위해, 나는 내 자신을 축소시키고, 내 안에 남아 있는 모든 이기적인 것을 버리는 것이었다.

"생명으로 인도하는 길은 좁기 때문이니라." 하고 보티에 목사는 계속했다. 그래서 난 모든 고행과 온갖 비애의 저 너머로, 또 다른 하나의 순수하고 신비스러우며 맑고 깨끗한 천사의 기쁨을, 내 영혼이 이미 목마르게 갈망하고 있는 그 기쁨을 상상하며 예감하는 것이었다. 내게는 그 기쁨이 날카로우면서도 부드러운 바이올린의 선율과도 같았고, 알리사의 심장과 내 심장이 타서 한데 말라붙는 날카로운 불길 같다고도 상상됐다. 우리 두 사람은, 「묵시록」이 말해주는 그런 하얀 옷들을 입고, 서로 손을 잡고, 똑같은 하나의 목표를 바라보며 나아가는 것이었다. 어린애의 이러한 꿈이 웃음을 자아내게 한들 그게 나에게 무슨 상관이 있을 것인가! 나는 지금 조금의 거짓도 없이 사실을 이야기하고 있다. 혹시 혼란을 일으킬 만한 것이 눈에 띈다면, 그건, 하나의 아주 뚜렷한 감정을 나타내는 데에는 충분치 않은 영상과 언어들에서 오는 것이리라.

"찾는 이가 적음이니라." 라고 보티에 목사는 끝을 맺었다. 목사는 어떻게 좁은 문을 찾아낼 수 있는가를 설명하였다……. "찾는 이가 적음이니라." ― 나는 그들 중에 하나가 될 것이다…….

설교가 끝날 무렵, 나는 너무나도 마음이 긴장되어 있어서 예배가 끝나자 곧 알리사를 찾아 볼 생각도 하지 않고 뛰쳐나와 버렸다. 자랑스런 마음으로 벌써부터 내 결심을 ― 나는 이미 결심해 버렸던 것이다. ―

시련에 부대끼게 하고 싶었고, 당장에 그녀 곁을 떠남으로써 한결 그녀
에게 값하리라는 생각 때문이었다.

2

준엄한 이 교훈은 그 의무를 받아들일 준비가 되어 있을 뿐만 아니라, 천성적으로 그 의무에 합당한 하나의 영혼을 찾아낸 것이었다. 게다가 나의 부모가 보여주신 모범은 내 마음에서 싹트기 시작한 충동을 억눌러 주었던 청교도적 규율과 결합되어 이 영혼을 내가 ‘덕’ 이라고 부르고 싶어하던 것에게로 기울어지게 하고 말았다. 나 자신을 억제한다는 것은, 남들이 자기 자신의 몸을 함부로 굴리는 것과 마찬가지로 나에게는 자연스러운 일이었고, 나를 얽매어 놓았던 이러한 엄격한 규율도 나에게 반감을 일으키기는커녕 오히려 나를 우쭐하게 하는 것이었다. 내가 미래에서 찾고자 하는 것은 행복이라기보다는 행복에 이르기 위한 그 끝없는 노력이었다.

이처럼 나는 벌써부터 행복과 덕을 혼동하고 있었다. 물론 나는 열네 살 먹은 소년으로서 아직도 분명하지 못하고, 무엇이든지 할 수 있는 자유스러운 상태였다. 그러나 이윽고 알리사를 향한 나의 사랑은 단호하게 그런 방향으로 나를 이끌어갔다. 그것은 갑작스런 마음의 계시(啓示)였고, 그 계시 덕택으로 나는 나 자신에 대한 의식을 갖게 되었다. 즉 나는 내성적이며, 밖으로 잘 나타내지 않고, 언제나 기다림으로 가득 차 있고, 남의 일에는 별로 관심이 없었고 대담하지도 못했으며, 자기 자신을 이겨낸다는 것 외에는 아무런 승리도 생각지 않는 것으로 보였다. 나는 공부를 좋아하였고, 장난을 해도 머리를 쥐어짜야 하는 것이나 힘드는 것이라야만 열중했다. 같은 또래의 친구들은 별로 사귀지도 않았고, 그들의 장난에 어울린다고 해도 그것은 다만 우정이나 호의로써일 뿐이었다. 그러나 아벨 보티에와는 친하게 지냈다. 그는 다음해 파리에 와서 나와 같은 학급에 있게 된 아이였다. 상냥하고 낙천적인 애로서, 존경보다는 정다움을 더 느끼는 사이였지만, 적어도 그와 어울리게 되면, 내 생각이 언제나 날아가곤 하는 르아브르와 퐁그즈마르에 관해 이야기할 수가 있었다.

외사촌 동생인 로베르 뷔콜랭으로 말하자면, 우리와 같은 중학교 기숙사생으로 들어오기는 했지만, 두 학년 아래여서 그저 일요일에만 만날 뿐이었다. 그가 내 외사촌 누이의 동생이 아니었던들 — 게다가 그는 누이들과 별로 닮은 점도 없었다. — 아마도 나는 그를 만나 볼 생각조차 하지 않았을 것이다.

그 무렵 나는 온통 사랑에 열중해 있었고, 로베르와 아벨과의 두 우정이 나에게 무슨 중요성을 갖는다면, 그건 단지 사랑 때문이었던 것이다. 알리사는 복음서에서 나오는 그 값진 진주와도 같았고, 나는 진주를 얻기 위해 가지고 있는 모든 것을 팔아 버리는 그런 사람과도 같았다. 비록 내가 아직 어린애였다 할지라도, 사랑에 관해 이야기하고, 또 내 사촌누이에 대해 느꼈던 감정을 그렇게 부른다 해서 잘못된 것일까? 그 뒤로 내가 겪은 그 어느 것도 이보다 더 사랑이라는 이름에 어울린다고 여겨진 것은 없었다. 그뿐만 아니라, 가장 뚜렷한 육체적인 불안으로 괴로워하는 나이가 되었을 때에도 내 감정은 별로 그 성질이 달라지지 않았다. 즉, 그저 어린 시절에 내가 단지 그녀에게만 어울리는 인간이 되려고 열망했던 그녀를 보다 더 직접적으로 내가 소유하고자 애쓰지는 않았던 것이다. 공부, 노력, 경건한 행동 따위, 이런 모든 것을 나는 신비롭게도 알리사에게 바쳤다. 그리고 다만 그녀를 위해서 하는 일조차도 번번이 그녀가 모르도록 하는 것이 한층 더 덕을 닦는 것이라고 생각하였다. 이처럼 나는 독한 술 같은 일종의 겸양에 도취되어 있었다. 오! 나는 내 자신의 쾌락에는 별로 마음에 두지 않고, 어떤 노력이 소비되지 않는 일에는 그 어느 것에도 만족을 느끼지 못하는 습관이 들어 버린 것이다.

나만이 이러한 경쟁심에 분발되었던 것일까? 알리사는 그런 내 마음을 아는 것 같지도 않았고, 그녀만을 위하여 애쓰고 있는 나 때문에, 혹은 나를 위하여 아무 일도 하는 것 같지 않았다. 아무런 꾸밈이 없는 그녀의 영혼 속에선 모든 것이 가장 자연스러운 아름다움을 띠고 있었다. 그녀의 덕은 너무나도 여유 있고 우아해서, 포기 상태처럼 보일 정도였다. 어린애 같은 그 천진난만한 미소 때문에 그녀의 엄숙한 시선까지도 오히려 매력적으로 보였다. 그처럼 부드럽고, 그처럼 다정스런, 무언가를 묻는 듯한 시선을 살포시 치켜올리던 모습이 지금도 내 눈에 떠오른다. 그러고 보면 외삼촌이 혼란해질 때마다, 자기의 맏딸 곁에서 도움과 의견과 위안을 구하던 것도 이해할 수 있을 것 같다. 그 이듬 해 여름, 나는 외삼촌이 그녀와 이야기하는 것을 종종 보았다. 슬픔은 외삼촌을 몹시 늙어 보이게 하였다. 식사 때도 거의 말을 하지 않았고, 이따금씩 갑자기 즐거운 표정을 억지로 지어내곤 했지만, 아무 말 않고 잠자코 있는 것보다 더 고통스러워 보였다. 저녁에 알리사가 모시러 갈 때까지 서재에 틀어박혀 담배만 피우고 있기 일쑤였고, 알리사가 빌다시피 해야 겨우 방에서 나오는 것이었다. 알리사는 외삼촌을 마치 어린애처럼 모시고 정원으로 이끌었다. 둘이서 꽃이 피어 있는 오솔길을 내려가서 채소밭 층계 근처의 의자를 몇 개 갖다 놓은 둥그런 갈림터에 가서 앉아 있곤했다.

어느 날 저녁, 나는 자줏빛이 도는 커다란 너도밤나무의 그늘이 져 있는 잔디밭에 누워 늦게까지 책을 읽고 있었다. 꽃이 피어 있는 그 오솔길과 내가 있는 곳과는 단지 월계수 울타리가 있을 뿐이어서 보이지는 않아도 소리는 들려오는 곳인데, 알리사와 외삼촌의 말 소리가 들렸다. 분명히 로베르에 관해 이야기를 하고 있던 참이었다. 그때 알리사의 입에서 내 이름이 튀어나왔다. 이어 그들의 이야기를 알아들을 수 있게 되자, 외삼촌이 큰소리로 외치 듯 말하는 것이었다.

"음! 그애는 언제까지나 공부를 좋아할 거야."

본의 아니게 엿듣게 된 나는 그 자리를 떠나 버리거나, 아니면 최소한 그들에게 내가 있다는 것을 알릴 수 있는 어떤 기척이라도 내고 싶었다.

하지만 어떻게? 기침을 할까? "나, 여기 있어요. 당신네들 말소리가 들려요." 라고 소리를 칠까? 그런데 내가 아무 소리 없이 잠자코 있었던 것은, 더 들어보려는 호기심에서라기보다는 오히려 난처함과 수줍음 때문이었다. 게다가 그들은 그저 지나쳤을 뿐이었고, 그들의 이야기 소리는 분명치 않게 들려왔던 것이니……. 허나 두 사람은 천천히 걷고 있었다. 아마도 알리사는 노상 그렇듯이 팔목에 가벼운 바구니를 걸고서, 시든 꽃을 따 버리기도 하고 잦은 바다 안개 때문에 아직 푸릇푸릇한 채 떨어지고 만 열매를 울타리 밑에서 주워내고 있었던 모양이다. 그녀의 맑은 목소리가 들려왔다.

"아버지, 팔리시에 아저씨는 훌륭하신 분이었어요?"

외삼촌의 대답은 매우 낮고도 희미했다. 나는 그의 대답을 알아듣지 못하였다. 그러자 알리사가 우겨댔다.

"아주 훌륭했었죠, 안 그래요?"

또다시 너무나 희미한 대답이 있자 알리사가 또 물었다.

"제롬은 머리가 좋지요, 그렇죠?"

어떻게 내가 귀를 곤두세우지 않을 수 있었을까? ……그러나 나는 한마디도 알아들을 수 없었다. 알리사가 말을 다시 이었다.

"제롬이 훌륭한 사람이 되리라고 생각하세요?"

여기서 외숙의 음성은 높아졌다.

"하지만 애야, 우선 알고 싶은데, 넌 어떤 뜻으로 '훌륭한' 이란 말을 쓰고 있지? 보기엔 그렇지도 않고, 적어도 인간의 눈에는 그렇게 안 보이는데 사실은 아주 훌륭한 사람이 있는 법이야……. 하나님 눈으로 보면 아주 훌륭한 사람이.”

“저도 그런 뜻으로 말한 거예요.”라고 알리사가 말했다.

“그렇지만…… 그걸 어찌 알 수가 있겠니? 그 앤 아직 너무 어리니 말이다……. 그래, 확실히 그 앤 아주 유망하기야 하지. 하지만 성공하자면 그것만으로는 부족한 거란다.”

“그럼 또 뭐가 있어야 돼요?”

“뭐랄까……. 신뢰라든가, 도움이라든가, 사랑이라든가…….”

“도움이라니, 뭘 말씀하시는 거예요?”

알리사가 가로막고 물었다.

“나에게는 없었던 애정과 존경 말이다.”

외삼촌은 쓸쓸하게 대답하였다. 그러자 그들의 소리는 아주 들리지 않게 되고 말았다.

저녁 기도 시간에 본의 아니게 저지른 내 무례한 행동을 뉘우치고, 알리사에게 고백하리라 마음먹었다. 이번에는 좀더 알고 싶은 호기심이 섞여 있었을지도 모른다.

이튿날 내가 말을 꺼내자마자, “하지만 제롬, 그렇게 엿듣는 건 아주 나쁜 짓이야. 너는 기척을 내든가 아니면 자리를 떠나야 했어.”

“정말이지 난 엿듣진 않았어…… 들으려고 안 했는데, 들려왔단 말야……. 그리고 그 쪽도 그냥 지나가는 길이었고.”

“우린 천천히 걷고 있었는걸 뭐.”

“그렇긴 해. 하지만 내겐 겨우 들릴락말락할 정도였어. 그리고 곧 들려오지 않았어. 알리사, 그런데 말야, 성공하려면 무엇이 필요한가를 물었을 때, 외삼촌이 뭐라고 대답하셨지?"

"제롬."

알리사는 웃으며 말했다.

"모두 들어놓고선! 내게 다시 한 번 말하게 하는 것이 재미있어서 그러지?"

"정말 첫마디밖에 못 들었대도 그래……. 신뢰와 사랑에 대해 말씀하셨을 때 말야."

"그러고 나서는 그것 말고도 다른 많은 것들이 필요하다고 그러셨어."

"그래, 뭐라고 대답했는데?"

그녀는 갑자기 정색을 하더니 심각해졌다.

"인생에 있어서의 도움을 말씀하시기에, 네겐 어머니가 계신다고 대답했어."

"오! 알리사, 어머니가 언제까지나 나하고 함께 계시지 못할 걸 잘 알면서……. 더구나 그건 다른 일 아냐?"

알리사는 고개를 숙였다

"아버지가 대답하신 것도 그거야."

나는 부르르 떨면서 그녀의 손을 잡았다

"장차 내가 뭐가 되든 그건 다 알리사를 위해서야."

"하지만 제롬, 나 역시 너를 떠날지 모르지 않니?"

나는 진심을 다해 말했다.

"난…… 나는 결코 너를 떠나지 않겠어."

그녀는 어깨를 약간 으쓱했다.

"너는 혼자서 나아갈 만큼 굳세지 못하니? 우리들은 저마다 오로지 혼자서만이 하나님을 찾아야 하는 거야."

"하지만 내게 그 길을 가르쳐 주는 건 바로 알리사야."

"왜 너는 하나님이 아닌 다른 안내자를 찾으려고 하니? ……우리가 서로 가장 가까이 있을 수 있는 것은, 우리 둘이 저마다 서로를 잊고 하나님께 기도드릴 때뿐이라고는 생각되지 않니?"

"그래, 우리들의 결합, 나는 그것을 위해 매일 밤낮으로 하나님께 빌어."라고 나는 말을 가로챘다.

"아니, 너는 하나님 품 안에서 결합한다는 게 무슨 말인지도 모르니?"

"진심으로 나는 그것을 이해해. 그건 숭배하는 어떤 동일한 것 안에서 서로를 열심히 찾아내는 거야. 알리사가 숭배하는 것을 나 역시 숭배하는 것은, 바로 알리사를 다시 만나보려는 생각에서인 것 같아."

"네 경배는 도무지 순수하지 않아."

"나한테 너무 바라지 마. 천국이라도 거기서 알리사를 다시 만나지 못한다면 천국 같은 건 포기할 테야."

그녀는 자기 입술에 손가락을 하나 갖다대더니 약간 엄숙한 태도로 말하기를,

"너희는 먼저 그의 나라와 그의 의를 구하라."(「마태복음」 제 6장 33절)

우리들이 주고받던 말들을 옮겨 쓰면서, 어린아이들이 얼마나 애써 심각한 이야기를 하고 싶어하는지 모르는 사람들에게는, 우리의 얘기들

이 조금은 어른스럽게 보일 거라고 생각한다. 그러나 어찌할 것인가? 그 이야기들에 대해 변명이라도 해야 할까? 우리가 하던 말들을 더 자연스럽게 보이도록 꾸미고 싶지 않은 것과 마찬가지로 나는 그런 변명도 하고 싶지 않다.

우리는 라틴어판 복음서를 구해다가 긴 구절들을 암송하곤 하였다. 자기 동생을 도와준다는 구실로 알리사는 나와 함께 라틴어를 배웠던 것이다. 그러나 지금에 와서 생각해 보면, 오히려 그것은 내 독서에 계속 따라오기 위한 것 같다. 그리고 사실 그녀가 나를 따라오지 못하리라고 생각했던 공부에 대해서도 나는 별반 재미를 붙이려 들지 않았다. 비록 그것이 때때로 나를 난처하게 할지라도 남들이 쉽게 생각하듯 내 정신의 도약을 가로막는 것은 아니었다. 오히려 그와는 반대로 그녀는 어디서나 자유로이 나를 앞서는 것처럼 보였다. 그러나 나의 정신은 그녀에 의해 정해진 길로 나아갔고, 그 무렵 우리 마음을 차지하고 있던 것이나, 우리가 '사색' 이라고 부르던 것은 좀더 학문적인 어떤 공감에 대한 구실이었거나, 감정의 가장, 사랑의 겉치레에 불과했던 경우가 많았다.

어머니는 처음엔 그 깊이를 헤아릴 수 없었던 나의 그러한 감정을 염려하셨을 것이다. 그러나 자신의 기력이 점점 쇠약해진다는 것을 느끼는 지금에 와서는, 우리 두 사람을 모성적인 포옹 안에서 결합시키고 싶어하셨다. 오래 전부터 앓고 계시던 심장병이 갈수록 더 심해지는 것이었다. 발작이 유별나게 심하던 때 어머니는 나를 곁으로 부르셨다.

"애야, 너도 보다시피 이제 난 퍽 늙었다." 라고 어머니는 말씀하셨다.

"어느 날엔가 너를 두고 갑자기 가 버리겠지."

숨이 몹시 가빠져서 어머니는 잠시 말씀을 끊으셨다. 참을 수가 없어서 그만 나는 소리치고 말았다. 어머니가 이 말을 당신에게 들려주기를 기다리고 계신 것 같아서였다.

"어머니, 아실 테지만 전 알리사하고 결혼하고 싶어요."

그러자 내 말이 분명 어머니의 가장 깊은 속마음에 품고 있던 생각과 이어졌음인지 곧 말씀을 이으셨다.

"그래, 내가 네게 말하고 싶었던 것도 바로 그거다, 제롬."

"어머니!"

나는 흐느끼며 말했다.

"그녀가 저를 사랑한다고 믿으시지요? 그렇지요?"

"그럼, 얘야."

어머니는 몇 번이나 부드럽게 "그럼, 얘야."라고 되풀이하셨다.

어머니는 말하기가 힘드셨는지 간신히 덧붙여 말하기를, "하나님이 하시는 대로 맡겨 두어야 해."라고 하셨다.

그리고는 곁에서 고개를 숙이고 있던 내 머리에 손을 얹고 이렇게 말씀하셨다.

"하나님이 너희들을 보호해 주시길! 너희들 둘을 하나님이 보호하여 주시옵기를……." 하고 말씀하시더니 옅은 잠 속으로 빠져들었다. 나는 어머니를 깨우려 들지 않았다.

이 이야기는 두 번 다시 되풀이되지 않았다. 그 이튿날엔 어머니의 기분이 좀 나아지셨다. 나는 강의 때문에 다시 학교로 떠났고, 그래서 반쯤밖에 못한, 그 은근한 이야기는 다시금 침묵에 덮였다. 게다가 내가 무엇을 더 이상 알 수 있었을 것인가? 알리사가 나를 사랑한다는 사실은 한순간도 의심할 수 없었다. 설사 그때까지는 내가 미심쩍어했다 할지라도, 그 뒤에 곧 일어난 슬픈 사건을 당해서는 그런 의심도 내 가슴으로부터 영원히 사라지고 말았던 것이다.

어느 날 저녁 어머니는 나와 미스 애슈부르통이 지켜보는 가운데 조용히 운명하셨다. 어머니를 데려가 버린 그 마지막 발작도 처음엔 그 전의 발작에 비해 더 심해 보이지 않았다. 임종 무렵이 되어서야 위태로운 증세를 보였기 때문에, 어떤 친척도 임종 직전에 뛰어올 겨를이 없었다. 나는 어머니의 옛 친구 곁에서 그 첫날밤을 그리운 어머니의 주검을 지키면서 지새야 했다. 나는 마음속으로부터 깊이 어머니를 사랑하였다. 그러나 흐르는 눈물에도 불구하고, 슬픔이 마음속으로 느껴지지 않는 데 놀랐다. 내가 눈물을 흘린 것은, 자기보다 훨씬 나이가 적은 친구가 이렇게 자기에 앞서 하나님 앞으로 가는 것을 보고 있는 미스 애슈부르통이 측은했기 때문이었다. 그러나 어머니의 별세가 나의 사촌누이를 서둘러 내게로 오게 할 것이라는 은밀한 생각이 나의 슬픔을 끝없이 억누르는 것이었다.

이튿날 외삼촌이 도착하였다. 외숙은 알리사의 편지를 내게 내밀었다. 그녀는 그 다음날에야 플랑티에 이모와 함께 왔다.

……제롬, 나의 벗, 나의 형제(라고 편지에 쓰여 있었다)……
나는 그분이 돌아가시기 전에, 그분께서 기다리고 계시던 큰 기쁨을 안겨드릴 수 있었을 몇 마디의 말도 들려드리지 못한 것이 얼마나 슬픈지 몰라. 이제, 어머니께서 나를 용서해 주시길! 그리고 이제부턴 하나님만이 우리들을 이끌어 주시길 바랄 뿐이야. 안녕히, 내 가엾은 벗.

— 그 어느 때보다도 더 다정한 너의 알리사.

이 편지는 무엇을 말하려는 것이었을까? 그런데 여쭙지 못하여 섭섭하다는 그 몇 마디 말이란, 도대체 우리 두 사람의 앞날을 기약하는 말이 아니고 무엇일까? 그러나 나는 아직도 나이가 어렸기 때문에 대뜸 그녀에게 청혼할 수는 없었다. 게다가 그녀의 약속을 받아낼 필요가 있었을까? 우리는 이미 약혼한 사람들이나 다름없지 않았던가? 우리의 사랑은 이미 친척들에겐 비밀이 되지 못하였다. 나의 외삼촌 또한 어머니와 마찬가지로 우리의 사랑에 아무런 이의도 없었다. 오히려 외삼촌은 벌써 나를 자기의 아들처럼 여겼던 것이다.

그 며칠 후부터 시작되었던 부활절 휴가를 나는 르아브르에서 보냈다. 플랑티에 이모 댁에서 머물렀지만, 식사는 거의 뷔콜랭 외삼촌 댁에서 하였다.

펠리시 플랑티에 이모는 더할 나위 없이 훌륭한 부인이었다. 하지만 나의 사촌들이나 나는 그분과 그다지 허물 없이 지내진 못하였다. 그분은 바쁘신 일에 늘 숨이 찰 지경이었다. 몸가짐에는 상냥함이 없었고, 음성 또한 다정한 리듬이 없었다. 어느 때를 불문하고, 우리들이 귀여워서 견딜 수 없다는 듯이 우리에게 사랑을 쏟고 싶어서 마구 쓰다듬어 주는 것이 우리에겐 오히려 귀찮았다. 뷔콜랭 외삼촌은 이모를 무척 좋아

하였지만, 외삼촌이 이모한테 이야기할 때의 그 음성만 들어보아도, 외
삼촌이 나의 어머니를 얼마나 더 좋아했는지를 우리는 쉽사리 느낄 수
있었다.

"애야."

어느 날 저녁 이모가 말을 꺼냈다.

"넌 올 여름에 무얼 할 생각인지 모르겠다만, 내가 할 것을 작정하기
전에 네 계획을 좀 알고 싶구나. 혹 내가 무슨 도움이 된다면 말이
다……."

"아직 별로 생각해 보지 않았어요. 그렇지만, 여행을 해 볼까 싶어
요."하고 나는 대답했다.

이모가 말을 이었다.

"알겠지만, 내 집에서도 말야, 퐁그즈마르나 마찬가지로 네가 오는
걸 언제나 환영한단다. 하긴 그 쪽으로 가면 네 외삼촌이랑 줄리에트가
반가워 할 것이다만……."

"알리사 말씀이죠?"

"그렇지 참! 미안하다……. 네가 좋아하는 애를 글쎄 줄리에트라고만
생각하고 있었거든! 네 외삼촌이 말해 줄 때까지 말이다. 그게 아직 한
달도 안 됐지만…… 너도 알겠지만 너희들을 참 좋아하긴 하는데, 너희
들을 잘 알지 못한단다. 너희들을 대할 기회가 별로 없었잖니! ……게
다가 난 뭘 꼼꼼히 관찰하는 성미도 아니고. 나와 관계없는 일을 주의해
볼 겨를이 없었으니까. 네가 함께 노는 걸 보면 항상 줄리에트이길
래……. 그래서 난 그렇게 생각한 거야……. 그애는 참 예쁘고 쾌활하

잖니?"

"네, 그래요. 지금도 난 줄리에트하고 곧잘 어울려 놀아요. 하지만, 제가 좋아하는 사람은 알리사예요……."

"그래 그래, 좋아! 너 좋을 대로 해야지……. 너도 알지만, 나야 뭐, 알리사를 안다고 말할 수도 없을 정도지. 그애는 제 동생보다 말도 적고 하니, 아무튼 네가 그애를 택했을 때야 무슨 좋은 이유가 있었겠지."

"하지만 이모, 무엇을 택해서 제가 알리사를 좋아하는 건 아녜요. 어떤 이유 같은 것을 생각해 본 적도 없는 데다가……."

"화내지 말아라 제롬. 내가 어떤 다른 뜻을 갖고 말한 건 아니니까……. 네 말을 듣다가 그만 내가 하려던 이야길 잊었구나. 아, 참! 그러니 모든 일은 결국 결혼으로 가는 거겠지. 그런데 네가 상(喪)중이기 때문에 약혼을 할 수는 없는 노릇이야. 그런데다 너는 아직 너무 어리고 보니……. 그저 내 생각으론, 네 어머니가 계시지 않으니 지금 네가 퐁그즈마르에 간다는 것도 눈에 거슬릴지 모른다는 생각이 드는구나."

"글쎄 이모, 제가 여행 이야기를 꺼낸 것도 바로 그 때문이에요."

"그래. 그러니 말이다, 애야, 난 이렇게 생각했단다. 바로 내가 함께 가 있기만 한다면야 만사가 잘 될 거라고. 그래서 이번 여름 한동안만은 시간을 좀 낼 수 있도록 내가 미리 계획을 짜 놓았단다."

"뭐, 제가 슬쩍 부탁만 해도 미스 애슈부르통이 기꺼이 오실 텐데요, 뭘."

"그래, 나도 그건 알아. 하지만 그걸로 다 되는 건 아냐! 나도 함께 가겠다! ……뭐 내가 가엾은 네 어머니 노릇을 대신하겠다는 생각을 하는 건 아냐." 라고 갑자기 흐느껴 울며 덧붙였다.

"나는 그저 집안일이나 돌볼까 하고…… 그렇게 되면 너나 네 외삼촌이나 알리사도 거북하게 느껴지지 않을 게 아니니?"

펠리시 이모는 자신이 함께 있는 일의 효과에 대해 잘못 생각했던 것이다. 솔직히 말하자면, 바로 이모 때문에 우리는 오히려 난처해졌다. 말씀하신 대로 이모는 7월부터 퐁그즈마르로 옮겨왔고, 미스 애슈부르통과 나도 곧 뒤따라갔다. 집안일을 거들어 알리사를 돕는다는 구실로 이모는 그처럼 조용하던 집을 끊임없는 소란으로 가득 채우는 것이었다. 우리들을 기분 좋게 해주려고, 또 이모의 말마따나 '만사를 잘 되게' 해주려고 수선을 피우는 게 어찌나 극성스러웠던지 알리사와 나는 이모 앞에 서 있는 것이 언제나 거북하였고 거의 벙어리가 되어버리곤 했다. 이모는 필경 우리가 몹시 쌀쌀 맞다고 느꼈을 것이다. 하지만 설사 우리가 잠자코 있지 않았다 하더라도 이모는 우리의 사랑이 어떤 성질의 것인지 이해하실 수 있었을까? 반대로 줄리에트는 이런 분주함을 꽤 달게 받아들였다. 그래서 이모가 막내 조카딸을 눈에 띄게 편애하는 것을 보는 데서 오는 어떤 반감이 이모에 대한 나의 애정을 가로막았는지도 모른다.

어느 날 아침, 우편물이 도착하자 이모가 나를 불렀다.

"얘, 제롬, 아주 딱하게 됐다. 딸년이 아프다고 나를 부르는구나. 그래서 할 수 없이 너를 두고 가보지 않을 수 없게 됐다……."

쓸데없는 불안에 사로잡혀 나는 외삼촌을 만나 뵈러 갔다. 이모가 떠

난 뒤에도 그대로 내가 퐁그즈마르에 남아 있어야 할지 몰랐기 때문이
었다. 그러나 첫마디를 꺼내자마자, "도대체 누님은 또 무슨 생각을 해
가지고, 아주 자연스러운 일들을 복잡하게 만들려는 것일까? 얘! 제롬,
왜 우리를 떠나겠다는 거냐? 넌 벌써 내 자식이나 다름없지 않느냐?" 하
고 외삼촌은 소리치 듯 말했다.

　이모는 이주일밖에 퐁그즈마르에 머무르지 않았다. 이모가 떠나자 집
안은 곧 행복과도 같은 고요함이 깃들어 다시 제자리로 돌아왔다. 내 상
복은 우리의 사랑을 어둡게 하기는커녕 오히려 깊이를 더해주는 것 같
았다. 음향이 몹시 잘 어울리는 곳에서처럼 우리 마음의 아주 작은 움직
임도 서로 잘 이해되는, 단조롭게 흐르는 생활이 시작되었다.

　이모가 떠난 며칠 후, 어느 날 저녁 식탁에서 이모에 관해 우리가 이야
기했던 것을 지금도 기억한다.

　"그게 웬 수선이람!" 하고 우리는 말했다.

　"인생의 파도가 이모의 영혼에는 휴식을 줄 수 없는 것일까? 사랑의
아름다운 모습이여, 너의 그림자는 이제 무엇이 될 것인가?"

　이 말은 괴테가 쉬타인 부인 — 괴테 애인 중의 한 여인 — 에 대해 이
야기하다가, "이 영혼 속에 비치는 세계를 보는 것은 아름다우리라." 라
고 쓴 말이 생각났기 때문에 해 본 소리였다. 그리고 우리는 대번에 어
떤 계급제도 같은 걸 만들고, 명상의 능력을 최고위(最高位)에 놓았다.
그때까지 잠자코 있던 외삼촌이 쓸쓸히 미소를 지으며 말했다.

　"얘들아, 비록 부서져 있다 할지라도 하나님은 거기서 당신의 모습을

알아보실 게다. 인간의 생애의 어떤 단 한순간만을 보고서 그 인간을 판단하지 않도록 조심하자. 너희들이 싫어하는 내 누님의 그 모든 점들도 다 그럴 만한 여러 가지 사건 때문에 그렇게 된 것이고, 그 사건들을 너무나 잘 아는 나로서는 너희들처럼 가혹하게 비난할 수가 없구나. 젊은 날에는 그렇게도 재미있었던 성격도 늙으면 나빠지게 되기 마련이야. 지금 너희들이 '법석'이라고 부르는 펠리시 누님의 성격도, 처음엔 오직 귀여운 움직임이라든가, 순간적인 충동에 따라 움직인다든가, 솔직하다든지, 그리고 애교가 있다든지, 이렇게만 여겨지던 것이었단다. 확실히 우리도 지금의 너희들과 별반 다를 게 없었지. 그때의 나는 제롬 너와 아주 비슷했단다. 아마 내가 생각하는 것보다 더 닮았을지도 모르겠다. 펠리시 누님은 지금의 줄리에트와 아주 비슷했었고…… 그래, 생김새조차도…… 그리고 가만 있자."라고 말하며 문득 그 딸 쪽을 돌아보며 외삼촌은 덧붙이는 것이었다.

"난 네 목소리 속에서 고모를 발견한단다. 네 고모도 너하고 똑같은 미소를 가졌었지. 그리고 얼마 안 가서 없어져 버렸지만, 너처럼, 가끔 아무것도 안하고 의자에 앉아서 팔꿈치를 앞에다 짚고, 두 손의 깍지낀 손가락으로 이마를 받친 채 가만히 있는 그런 몸짓을 가끔 했었다."

미스 애슈부르통은 내 쪽으로 몸을 돌리고, 나지막한 음성으로 말하였다.

"네 어머니를 생각나게 하는 건 알리사지."

그해 여름은 찬란하였다. 온갖 것엔 푸른 하늘이 배어든 듯하였다. 우리의 열정은 불행도 죽음도 이겨냈다. 우리 앞에선 어두운 그림자도 물러서는 것이었다. 아침이면 나는 기쁨으로 잠을 깨었다. 동이 틀 무렵부터 일어나 해를 맞이하러 뛰어나가곤 하였다. ……지금도 그 시절을 회상할 때면, 흠뻑 이슬에 찬 그 시간이 눈에 선하다. 무척 늦게까지 자지 않는 것이 버릇이던 제 언니에 비해 아침에 일찍 깨는 줄리에트는 나와 함께 정원으로 내려가곤 했다. 줄리에트는 언니와 나 사이에서 전달자 노릇을 하고 있었다. 그녀에게 나는 끊임없이 우리의 사랑 이야기를 들려주었고 그녀도 내 이야기를 듣는 데 싫증난 기색이 없었다. 나는 알리사에게는 감히 말하지 못하는 것도 줄리에트에게는 이야기했다. 알리사 앞에서는 사랑에 벅찬 나머지 떨리고 기를 펼 수가 없었던 것이다. 알리사는 나의 이런 행동에 찬성하는 것 같았고, 우리가 오직 그녀에 관해서만 이야기한다는 것을 알리사는 몰랐는지 아니면 모르는 척하는지 알 수 없지만 자기 동생에게 그처럼 쾌활하게 내가 말하는 것을 즐기는 듯이 보였다.

오, 사랑의 오묘한 위장이여, 벅찬 사랑의 오묘한 위장이여, 너는 어느 비밀의 통로로 채서 우리를 웃음에서 눈물로, 가장 천진스런 기쁨으로부터 덕행의 요구로 이끌어 갔던가!

그토록 맑고 그토록 매끄럽게 그 여름은 지나가 버렸기 때문에, 미끄러져 가 버린 그 하루하루에 대해서 지금 나의 기억은 거의 아무것도 끌어낼 수가 없다. 그 무렵의 유일한 것이 있다면 대화와 독서뿐…….

"난 슬픈 꿈을 꾸었어." 라고 방학이 끝날 무렵의 어느 날 알리사는 나에게 말했다.

"나는 살아 있는데, 네가 죽어 버렸어. 아니야, 네가 죽는 걸 본 건 아니야. 그저 네가 죽어 버렸다는 거야. 무서웠어. 하지만 얼마나 무섭고 터무니없었던지 나는 다만 네가 여기 없는 것이라고만 여기기로 했어. 우리가 떨어져 있었는데도, 내 생각으로는, 너를 만날 수 있는 길이 있을 거라고 믿어졌지. 그래서 난 어떻게 하면 되나 하고 그곳으로 가는 길을 알아내려고 애쓰다가 그만 잠에서 깨 버렸어. 아침이 돼도 꼭 그 꿈을 계속 꾸고 있는 것 같았어. 아직도 너와 헤어져 있고, 앞으로도 오래, 오래……."라고 말하곤 나지막한 소리로 이렇게 덧붙였다.

"일생 동안 너와 떨어져 있게 될 것 같았어. 그래서 평생을 몹시 애를 써야만 될 것 같았어."

"그건 어째서?"

"우리가 결합되기 위해서는 서로가 저마다 온갖 노력을 해야 할 것 같았어."

나는 그녀의 말을 심각하게 받아들이지 않았다. 아니, 심각하게 받아들이기를 두려워하였다. 마구 뛰는 가슴으로 나는 그 말에 항의라도 하듯이 갑자기 용기를 내어 그녀에게 이렇게 말했다.

"그래, 나도 오늘 아침 꿈을 꾸었는데 어찌나 알리사와 결혼하려고 들었는지 아무것도, 죽음밖엔 아무것도 우리를 떼어놓지 못할 것 같았어."

"죽음인들 우리를 갈라놓을 수 있을 것 같니?" 하고 그녀는 말을 받았다.

"내가 말하려는 건……."

"난, 죽음이 그와는 반대로 결합시켜 줄 것 같은 생각이 들어……. 그래, 생전에 떨어져 있던 것을 결합시킬 수 있어."

그 모든 말이 우리 가슴속으로 깊이 파고들었기 때문에 아직도 나는 우리들의 말의 억양까지도 들리는 듯하다. 그러나 그 말이 지닌 중대한 뜻을 훨씬 후에야 깨닫게 되었다.

그해 여름은 빨리 지나가고 있었다. 벌써 넓은 들판은 거의 텅 비어 있었고, 시야는 한결 허전하게 펼쳐졌다. 내가 떠나기 전날, 아니 전전날 저녁, 줄리에트와 나는 아래 정원 작은 숲으로 내려가고 있었다.

"어제 알리사에게 읊어 주던 건 뭐였어?"라고 그녀가 물었다.

"언제 말야?"

"그 폐광(廢鑛) 근처에 있는 벤치에서 말야, 둘만 남겨 놓고 우리가 먼저 왔을 때 말야."

"아아! 보들레르의 시구였을 거야……."

"어떤 시지? 내겐 들려주고 싶지 않아?"

"이제 곧 우리는 차가운 어둠 속으로 가라앉으리니."라고 나는 별로 내키지 않는 기분으로 읊기 시작하였다. 그러자 그녀는 대뜸 나의 말을 가로채면서, 떨리고 달라진 음성으로 다음을 받아 읊었다.

"아듀, 너무나 짧은 우리들 여름의 빛나는 광휘(光輝)여!"

"아니! 너도 그걸 알고 있니? 너는 시를 좋아하지 않는 줄 알고 있었는데……."

나는 너무도 놀라서 소리쳤다.

"아니, 왜? 제롬이 나에게는 읊어 주지 않으니까?"

그녀는 웃으면서, 그러나 약간은 어색한 듯이 말했다.

"때때로 제롬은 나를 아주 바보로 아는 모양이야."

"아주 머리가 좋은 사람도 시를 좋아하지 않는 수가 있거든. 한 번도 나는 네가 시 이야기를 하는 걸 들어보지 못했고, 또 나한테 시를 읊어 달라고 한 적도 없었잖아."

"그거야, 알리사가 도맡고 있는 걸 뭐……."

그녀는 잠시 말이 없더니 이내 불쑥 물었다.

"내일 오후에 떠나니?"

"그래야 할 모양이야."

"올 겨울엔 뭘 할 예정이야?"

"노르말르(고등사범학교) 일 학년이지 뭐."

"알리사하곤 언제 결혼할 생각이야?"

"병역을 마치기 전엔 안 되겠지……. 그리고 그 다음부터 내가 하고 싶은 일이 무엇인지를 좀더 알기 전엔 안 할 생각이야."

"그럼 아직도 그걸 모른단 말이야?"

"아직 난 알고 싶지 않아. 너무나 많은 것들이 내 관심을 끌고 있거든. 무얼 꼭 골라잡아야 하고 그것만 붙들고 늘어져야 하는 시기를 될 수 있는 대로 미루어 두는 거야."

"약혼을 미루는 것도 생활이 고정될까 두려워서 그래?"

나는 아무 대꾸도 않고 어깨를 으쓱했다. 그러자 그녀가 물었다.

"그럼, 뭣 때문에 약혼을 망설이고 있지? 왜 당장 약혼하지 않는 거야?"

"하지만 우리가 굳이 약혼해야 할 이유는 뭐지? 세상 사람들에게 알려지지 않는다 하더라도 우리가 서로의 것이고, 또 앞으로도 서로의 것이라는 것만 우리가 알고 있다면 그것으로 족하지 않을까? 내가 내 모든 삶을 알리사를 위해 바치고 싶어하는데 말야. 나의 애정을 무슨 약속 따위로 얽어매 두는 편이 더 훌륭해 보일 것 같니? 난 그렇게 생각 안 해. 맹세 같은 건, 내게는 사랑에 대한 모독처럼 보여……. 내가 약혼하고 싶어한다면, 그건 아마 내가 상대방을 믿지 못하게 될 때뿐일 거야."

"내가 못 믿는 건 알리사가 아니야……."

우리는 천천히 걷고 있었다. 요전번에 내가 뜻하지 않게 알리사와 그녀의 아버지가 하는 이야기를 엿듣게 되었던 정원의 그 지점에 이르렀다. 그러자 문득, 알리사가 정원으로 나가는 것을 보았는데, 어쩌면 지금쯤 그 둥그런 갈림길에 앉아 그녀도 역시 우리의 이야기를 듣고 있을지 모른다는 생각이 떠올랐다. 직접 대고 감히 하지 못하던 말을 그녀에게 들려 줄 수 있을지도 모른다는 가능성이 당장 내 마음을 유혹했다. 제 죄에 신이 난 나는 목소리를 높이며, "오!" 하고 내 나이 또래에서 흔히 볼 수 있는, 좀 과장된 흥분에 싸여 이렇게 외쳤다. 그리고 나는 내 자신의 말에만 너무 열중해 있었기 때문에, 줄리에트의 말 속에서 알리사가 하지 않은 모든 이야기를 미처 깨닫지 못하고 말았다.

"오! 우리가 다만 그렇게라도 할 수 있다면, 사랑하는 사람의 영혼에 우리가 몸을 굽혀 들여다보며, 거울 속을 들여다보 듯 그녀의 속에다 우리가 어떤 영상을 만들어 주는지를 알 수만 있다면! 자기 자신의 마음처럼, 아니 자기 자신의 것보다 더 자세히 타인의 마음속을 읽을 수만 있다

면! 애정에는 얼마나 안정이 있을 것인가! 또 사랑에는 얼마나 순수함이
깃들 것인가!"

줄리에트가 안절부절못하는 것을 보고 나는 내 값싼 시심(詩心)의 효
과라고 자만하였다. 그녀는 갑자기 내 어깨에 머리를 파묻었다.

"제롬! 제롬! 꼭 알리사를 행복하게 해주리라고 믿고 싶어! 만일 오빠
때문에 알리사가 괴로워하게 된다면 난 오빠를 아주 미워하게 될 것 같
아."

"하지만, 줄리에트……."

그녀를 끌어안고 그녀의 이마를 들어올리면서 나는 소리쳤다.

"그렇게 되면 나도 나 자신을 증오할 거야. 네가 알아주기만 한다
면……. 내가 아직 내 앞길을 결정하고 싶지 않다는 것은 다만 내 삶을
알리사와 함께 보다 좋게 시작하기 위해서야! 아무튼 난 내 모든 미래를
알리사에게 걸고 있어! 하지만 알리사가 없이도 될 수 있는 것이라면 나
는 그런 모든 것을 원치 않아……."

"이런 이야길 하면 알리사는 뭐라고 하지?"

"그런 이야긴 알리사한테 결코 하지 않아! 우리가 아직 약혼을 하지
않은 것도 바로 이 때문이야. 우리 둘 사이에선 결혼이라든지, 또 무엇
을 할 것이라든지 하는 것은 문제가 안 돼. 오, 줄리에트! 알리사하고의
삶이란 내게 얼마나 아름다워 보이는지 감히 나는……. 무슨 말인지 알
겠지? 그녀에게는 감히 이런 이야기를 못한단 말이야."

"갑작스런 행복으로 그녀를 놀라게 해주고 싶어서?"

"아니야! 그게 아냐, 하지만 난…… 단지 두려운 거야……. 알리사를

놀라게 할까봐. 넌 무슨 말인지 알겠지? 나에게 예감되는 그 무한한 행복이 그녀를 놀라게 할까봐 나는 두려운 거야! 언젠가 알리사에게 여행하고 싶지 않느냐고 물었어. 그런데 그녀는 전혀 그러고 싶은 생각이 없다고 하면서 자기에겐 그런 나라들이 있고, 그러한 나라들이 아름다우며, 남들이 거기에 가 볼 수 있다는 것만으로도 충분하다는 거야……."

"제롬, 그러면 오빠는 여행하고 싶어?"

"어디든지 다 가 보고 싶어! 삶 자체가 내겐 알리사와 함께 책이며, 뭇 사람들이며, 많은 나라들을 통해서 가는 하나의 긴 여행처럼 보여……. '닻을 올린다(보들레르의 시, 「나그네」 중의 시구)' 라는 말이 무엇을 의미하는지 생각해 본 적 있니?"

"그래, 나도 종종 그 말을 생각해." 라고 줄리에트는 중얼거렸다.

하지만 줄리에트의 말을 알아듣지 못해, 그녀의 말이 상처 입은 가엾은 새처럼 땅에 떨어지게 내버려두고 나는 다시 말을 이었다.

"밤에 떠난다. 눈부신 여명 속에서 잠을 깬다. 불안스런 파도 위에 둘이 있음을 느끼며……."

"그리고 아주 어렸을 때, 이미 지도 위에서 보았던 어느 항구에 도착한다. 거기선 모든 게 미지의 것이고……. 오빠 팔에 기댄 알리사와 함께 발판을 딛고 배에서 내리는 것이 보이는 것 같아."

"우리는 서둘러 우체국으로 갈 거야."

나는 웃으면서 말을 이었다.

"줄리에트가 우리한테 써 부쳤을 편지를 찾으러 말이지."

"줄리에트가 남아 있을 퐁그즈마르에서 말이지? 아마 오빠와 언니에겐 퐁그즈마르가 아주 작고, 쓸쓸하고, 아주 먼 곳으로 느껴질 거야."

이것이 분명히 줄리에트의 말이었던가? 나는 그렇다고 단언하지 못하겠다. 왜냐하면, 다시 말하지만, 내 마음은 그토록 사랑으로 가득 차 있어서, 사랑의 표현 말고는 그 어느 것도 내 귀에 들어오지 않았기 때문이다.

우리는 둥그런 갈림터 길 근처에 다다랐다. 발걸음을 돌리려는 바로 그때, 알리사가 불쑥 그늘에서 나오며 모습을 나타냈다.

그녀가 너무도 창백해서 줄리에트는 그만 소리를 쳤다.

"사실, 몸이 좀 불편해."라고 알리사는 더듬거리며 말을 이었다.

"바람이 찬 것 같아. 난 들어가는 게 더 낫겠어."

그리곤 곧 우리 곁을 지나, 잰걸음으로 돌아서서 집 쪽으로 가 버렸다.

"우리 얘길 모두 들었어."라고, 알리사가 좀 멀리 가자, 줄리에트가 소리치 듯 말했다.

"하지만 알리사의 기분을 상하게 할 말은 하나도 안 했는걸. 오히려……."

"가겠어……."

알리사의 뒤를 쫓아가며 줄리에트가 말했다.

그날 밤, 나는 잠을 이룰 수가 없었다. 알리사는 저녁 식사 때 나타났지만, 식사가 끝나자마자 이내 골치가 아프다고 하면서 먼저 자리를 떴다. 그녀는 우리의 이야기에서 무엇을 들었던 것일까? 그래서 나는 내가 한 말들을 초조하게 다시 생각해 보았다. 그리고는 내가 줄리에트에게 너무 바짝 붙어서 걷고 있었다는 것, 줄리에트의 목에 내 팔을 감고 있었다는 것이 어쩌면 잘못이었는지도 모른다고 생각했다. 하지만 그것은 우리들의 어렸을 적부터의 버릇 아닌가. 게다가 알리사는 이미 몇 번이고 우리가 그렇게 하고 걷는 것을 보았었다. 아! 나는 얼마나 슬픈 장님이었던가. 더듬거리며 내 잘못을 찾으면서도, 내가 잘 알아듣지도 못했고, 그래서 잘 기억하지도 못했던 줄리에트의 이야기를 알리사가 더 잘 들었을지도 모른다는 생각을 나는 한 번도 해 보지 않았던 것이다. 하지만 할 수 없지! 불안으로 마음이 산만해지고, 알리사가 나를 의심할지도 모른다는 생각에 두려워져서 또 다른 위험 같은 것에 대해선 생각하지도 않고, 줄리에트에게 한 말에 구애받지 않은 채, 어쩌면 줄리에트가 내게 했던 말에 감동되었는지도 모르겠다. 어쨌든 나는 불안과 근심을 물리치고, 다음날 약혼하기로 결단을 내렸다.

내가 떠나기 전날이었다. 나는 알리사가 우울해 하는 것도 나의 출발 때문이려니 생각했다. 그녀는 나를 피하는 것 같았다. 단 둘이서만 만나지도 못한 채 오후가 지나가고 말았다. 털어놓고 말도 못하고 떠나게 되지 않나 하는 걱정으로 나는 저녁 식사 조금 전에 그녀의 방으로 찾아갔다. 그녀는 산초 목걸이를 걸고 있었는데, 그것을 걸어 매려고 두 팔을 들고 몸을 숙인 채 문 쪽으로 등을 돌리고서, 켜진 두개의 촛대 사이에 있는 거울 속을 자기 어깨 너머로 들여다보고 있었다. 처음에 그녀가 나를 본 것은 거울 속에서였다. 그녀는 돌아다보지도 않고서 잠시 동안 거울 속에서 나를 바라보고 있었다.

"어머! 방문이 닫혀 있지 않았었나 보지?"라고 말하였다.

"노크를 했는데 대답이 없더군. 알리사, 내일 내가 떠난다는 건 알고 있지?"

그녀는 아무 대답도 하지 않고 끝내 걸어 매지 못한 목걸이를 벽난로 위에다 내려놓았다. '약혼'이라는 말이 내겐 너무나 노골적이고, 또 너무나 거칠게 여겨졌기 때문에, 나는 그 말 대신에 어떤 완곡한 표현을 써야 할지 모르면서 이야기를 했다. 내 말뜻을 알아듣자, 알리사는 휘청거리는 듯 벽난로에 몸을 기대었다. 하지만 나 자신도 어찌나 몸이 떨리는지, 그녀 쪽에서 조심스레 시선을 돌렸다. 나는 그녀 가까이에 있었고 눈을 들지 않은 채 그녀의 손을 잡았다. 알리사는 손을 빼지는 않았지만, 얼굴을 약간 숙이면서 내 손을 조금 들어 입술을 갖다대고는 거의 내게 기대다시피 하며 속삭였다.

"아냐, 제롬, 아냐, 제발, 우리 약혼은 하지 말아……."

내 심장이 하도 뛰었기 때문에 그녀도 그걸 느꼈을 것이다. 그녀는 한결 더 부드럽게 말했다.

"안 돼, 아직은 안 돼……."

그래서 내가 물었다.

"왜?"

"그렇게 물어볼 사람은 내가 아니니? 왜 이 상태를 바꾸자는 거야?"

나는 그 전날 저녁의 이야기에 대해서 감히 말을 꺼내지 못하고 있었다. 하지만 내가 그걸 생각하고 있다고 느꼈던지 내 생각에 대답이라도 하듯이 나를 뚫어지게 바라보며 알리사는 말했다.

"넌 잘못 생각하고 있어. 난 그처럼 많은 행복을 필요로 하지 않아. 우리는 지금 이대로도 행복하지 않니?"

그녀는 애써 미소를 지으려고 했으나 헛일이었다.

"그렇지 않아. 난 너와 작별해야 하는걸."

"들어 봐, 제롬. 오늘 저녁엔 너하고 말 못하겠어……. 우리의 마지막 시간을 망치지 말자. 정말 이러지 말자. 나는 언제나처럼 너를 사랑해. 안심해. 편지로 설명할게. 네게 편지 쓰겠다고 약속할게. 당장 내일이라도…… 아니, 네가 떠나면 당장에……. 자, 이젠 가봐. 어머, 내가 울고 있잖아……. 가, 혼자 있게 내버려둬."

그녀는 나를 밀더니 가만히 몸을 빼내었다.

그것이 우리의 작별이었다. 그날 저녁 나는 그녀에게 더 이상 한마디도 못했고, 다음날 내가 출발할 때, 그녀는 자기 방의 문을 잠그고 나오지도 않았다. 나를 태운 마차가 멀어져 가는 것을 자기의 창에서 바라보며 작별의 손짓을 하고 있는 그녀를 난 보았다.

3

그해 나는 아벨 보티에를 거의 만나보지 못했다. 그는 징집되기 전에 지원 입대를 해버렸고, 한편 나는 수사학(修辭學)반에 또다시 머무르며 학사 시험 준비를 하고 있었다. 아벨보다 두 살 아래인 나는 그해 우리 둘이서 입학할 예정이었던 에콜드 노르말르의 졸업 때까지 병역을 연기해 두었었다.

우리는 반갑게 다시 만났다. 군대에서 제대한 후 그는 한 달 이상이나 여행을 했다. 나는 그가 변해 있지나 않을까 걱정하고 있었지만, 보다 자신감에 차 있었을 뿐 조금도 그의 매력을 잃지는 않았다. 개학하기 전날, 룩상부르 공원에서 함께 보낸 오후에, 나는 내 마음속의 이야기를 더 참지 못하고 내 사랑에 관해 그에게 모두 털어놓고 이야기하였다. 아벨은 이미 나의 사랑을 알고 있었다. 그해 몇몇 여인들과 사귄 경험이 있어서인지 좀 잘난 체하는 거만한 태도를 취하였지만, 나는 그 때문에 불쾌하게 생각하지는 않았다. 여자가 생각을 달리하도록 내버려둬서는 결코 안 된다고 무슨 공리(公理)처럼 말하면서 그는, 내가 소위 마지막 말이라는 것을 내던질 줄 몰랐다고 빈정거렸다. 나는 그가 말을 하도록 내버려두었지만, 훌륭한 그의 이론이 나에게나 알리사에게는 적합하지 않은 것이고, 오히려 그가 우리를 잘 이해하지 못하고 있다는 것을 드러 내주고 있을 뿐이라고 생각하였다.

우리가 도착한 다음날, 나는 다음과 같은 편지를 받았다.

나의 그리운 제롬, 나는 네가 제의한 것을 곰곰이 생각해 보았어(내가 제의 한 것이라고! 우리의 약혼을 이렇게 부르다니). 내가 네겐 너무 나이가 많지 않을까 두려워. 어쩌면 너는 아직 다른 여자들을 만나볼 기회가 없었으니 그 사실이 눈에 들어오지 않을지도 몰라. 하지만 내가 네 것이 되고 난 다음 더 이상 네 마음에 들지 않게 된다면 훗날 괴로워하리라고 생각돼. 이 글을 읽으면서 분명 너는 몹시 화를 낼 거야.

지금도 너의 항변이 들리는 듯해. 하지만 네가 좀더 인생의 경험을 쌓게 될 때까지 기다려 달라고 부탁하는 거야.

내가 지금 말하는 것도 오직 널 위해서라는 걸 이해해 줘. 나로선 결코 내가 널 사랑하지 않게 될 수는 없으리라는 걸 잘 알고 있기 때문이야.

— 알리사

우리가 서로 사랑하기를 그만둔다! 그러나 이런 것이 새삼스레 문제 가 될 수 있을까! 나는 슬프다기보다는 오히려 놀랍고 너무도 기막힌 일이었기 때문에 나는 곧장 아벨에게 편지를 보여 주려고 달려갔다.

"그래, 넌 어떻게 할 셈이니?"

입술을 꼭 다물고 머리를 설레설레 흔들면서 그 편지를 읽은 후에 아벨이 말했다. 불안과 슬픔에 차서 나는 팔을 쳐들어올렸다.

"적어도 내 생각으론 답장을 하지 않는 것이 좋을 것 같아. 여자하고 말다툼하기 시작하면 지고 마니까……. 이봐, 토요일에 르아브르에서 자면, 일요일 아침엔 퐁그즈마르에 갈 수 있어. 그리고 월요일 첫 강의에 맞춰서 이곳으로 돌아올 수 있지. 입대한 후로 너의 친척들도 못 만났고 하니 이것으로도 핑계는 충분하고 나로선 인사를 차리는 셈이지. 혹시 알리사가, 이것이 단지 구실에 지나지 않는다는 걸 알면 더 잘 된 셈이지! 네가 알리사와 이야기하는 동안 나는 줄리에트를 맡을게.

아무튼 어린애 같은 짓은 제발 하지 말도록 해……. 사실 말이지만 네 이야기 가운데는 나도 납득이 가지 않는 점이 있어. 아무래도 네가 다 털어놓고 내게 말하지 않은 모양이야. 뭐 그래도 괜찮아! 알게 될 테니까! ……무엇보다도 우리가 간다는 걸 알리지 마. 네 누이를 깜짝 놀라게 해서, 무장할 틈을 주지 말아야 한단 말야."

정원의 사립문을 밀었을 때 내 가슴은 몹시 뛰었다. 즉시 줄리에트가 우리를 맞으러 달려나왔다. 속옷을 손질하고 있던 알리사는 얼른 내려오지 않았다. 우리가 외삼촌과 미스 애슈부르통과 함께 이야기하고 있을 때에야 비로소 알리사가 응접실에 들어섰다. 우리의 갑작스러운 도착이 그녀를 당황하게 만들었다 해도 그녀는 조금도 그런 내색을 보이지 않았다. 나는 아벨이 하던 말을 생각하고서, 그녀가 이토록 한참 동안 나타나지 않고 있었던 것도 바로 나에게 대비할 무장을 하느라고 그랬음이 틀림없다고 생각했다. 줄리에트의 활달한 태도가 알리사의 차분한 모습을 더욱 두드러져 보이게 하였다. 그녀는 내가 돌아온 것을 못마땅하게 여긴다는 내색을 자신의 태도로써 내보이려는 듯싶었고, 나는 그러한 감정의 이면에 숨어 있는 더욱 세찬 감정을 찾아보려는 용기가 나지 않았다. 우리로부터 멀리 떨어져 한쪽 구석의 창가에 앉은 그녀는 수놓는 데에만 정신이 쏠린 듯 입술을 움직이며 바늘 매듭을 세고 있었다. 다행히도 아벨이 이야기를 하고 있었다. 왜냐하면 나로서는 이야기를 할 기력도 없었고, 그가 군대 생활과 여행에 대한 이야기를 하지 않았더라면 이 재회의 첫 순간은 침울하게 되어 버렸을 것이기 때문이다. 외삼촌마저도 유별나게 근심스러운 기색이었다.

점심을 마치자 곧 줄리에트는 나를 따로 불러내더니 정원으로 끌고 갔다.

"글쎄, 나한테 청혼을 하는 사람이 다 있단다!"

우리가 단 둘이 있게 되자 그녀가 소리쳤다.

"펠리시 이모가 어제 아빠에게 편지를 하셨는데, 님므에서 포도 재배를 한다는 사람의 청혼을 알려온 거야. 이모 말로는 아주 훌륭한 사람이라나. 올 봄에 사교계에서 나를 몇 번 보고선 홀딱 반했다는 거야."

"너도 눈여겨 봤었니? 그 남자를?"

나도 모르게 그 청혼자에 대해 반감이 섞인 어조로 물었다.

"응, 누군지 잘 알아. 사람 좋은 돈키호테 타입이야. 교양도 없고 아

주 못생기고 야비한데다가 꽤 웃기는 사람이어서 이모도 그 사람 앞에
선 점잖을 빼고 있을 수 없대.”

“그래, 그자가 좀 유망해 보이니?”라고 나는 빈정거리 듯 말했다.

“이거 봐, 제롬! 농담두! 장사치야! 오빠가 그 사람을 보았다면, 그 따
위 질문은 안 했을 거야.”

“그런데…… 외삼촌은 뭐라고 대답하셨니?”

“내가 직접 대답한 대로지. 결혼하기엔 난 아직 너무 어리다고 말야.
그런데 귀찮게도 말이지.”라고 그녀는 웃으면서 덧붙였다.

“이모는 반대할 걸 빤히 예상하고는, 편지 추신에다 뭐라고 쓰셨느냐
하면 말야. 에두아르 테시에르께선 — 이게 그 사람 이름이야. — 기다
리는 것에도 동의를 했으며, 이렇게 일찌감치 신청을 해두는 것도 다만
‘차례에 끼려고’ 하는 것뿐이라고 쓰셨잖아……. 터무니없는 짓이야.
하지만, 내가 어떻게 하겠어? 그렇다고 그가 너무 못생겼다는 말을 그
에게 전해 달라고 할 수도 없잖아!”

“그럴 순 없지, 하지만 포도 재배자에게 시집가고 싶지 않다고는 할
수 있잖아.”

그녀는 어깨를 으쓱해 보였다.

“그런 건 이모에게 통하지 않는 이유들이야. 그건 그렇다치고 알리사
가 편지했어?”

그녀는 지독히 수다스레 말하고 있었고, 몹시 흥분해 있는 것처럼 보
였다. 내가 그녀에게 알리사의 편지를 내주자, 그녀는 몹시 얼굴을 붉히
며 읽었다.

"그래, 어떻게 하려고 해?" 하고 그녀가 물었을 때, 그녀의 목소리에 어떤 노여움이 들어 있다는 걸 나는 느꼈다.

"이젠 나도 모르겠어. 막상 여기 와 보니 차라리 편지를 쓰는 것이 더 쉬웠을 듯도 하고, 그래서 지금은 이곳에 온 것을 후회하고 있어. 알리사가 무슨 말을 하고 싶어했는지 넌 알고 있니?" 하고 나는 대답했다.

"내 생각으로는 오빠를 자유롭게 해주고 싶어 그런 것 같아."

"하지만, 내가 뭐 그런 것을 바라고 있나? 그 따위 자유를! 그럼 알리사가 왜 이런 편지를 했는지도 알겠니?"

"몰라!" 하고 그녀는 말했다.

그 말을 하는 투가 너무도 매몰차서 비록 그녀가 그 진정한 까닭을 짐작하지는 못한다 할지라도 적어도 이 일을 전혀 모르는 것은 아닐 거라는 느낌이 순간적으로 스쳐갔다. 이윽고 우리가 따라 걷고 있던 오솔길이 돌아가는 모퉁이에서 그녀는 갑작스레 발길을 돌리며 말했다.

"이젠 가야겠어. 나하고 이야기하려고 오빠가 온 건 아니니까. 우리가 너무 오래 같이 있었던 것 같아."

줄리에트는 집 쪽으로 뛰어 달아났고 얼마 후에는 그녀가 피아노 치는 소리가 들려왔다.

내가 응접실에 들어갔을 때, 그녀는 이젠 아무렇게나 즉흥적으로 치는 듯하면서도 피아노 치는 것을 멈추지 않은 채, 거기에 와 있던 아벨과 이야기하고 있었다. 나는 그 둘을 남겨 놓고 나왔다. 나는 알리사를 찾느라고 꽤 오랫동안 정원을 헤매다녔다.

그녀는 과수원 깊숙이 담 밑에서 너도밤나무 숲의 낙엽 냄새에 그 향기를 뒤섞고 있는 처음 핀 국화들을 꺾고 있었다. 대기엔 가을이 물씬 스며 있었다. 햇살도 이제는 간신히 나무 울타리만 겨우 온기를 던져줄 뿐이었지만, 하늘은 동방의 나라인 양 맑았다. 젤란드 — 네덜란드의 북해에 면한 지방 — 식의 커다란 모자로 거의 가려진 그녀의 얼굴은 모자에 둘러싸여 있었는데, 그 모자는 아벨이 가져다 준 여행선물로 당장에 써본 것이었다. 내가 다가가도 처음엔 돌아보지도 않았지만, 억누를 수 없었던 그녀의 가벼운 떨림은 분명히 내 발자국 소리를 알아듣고 있다는 느낌을 주었다. 그래서 난 그녀의 꾸짖음과 그녀의 눈길이 나를 짓누를 준엄함에 대비해 긴장하며 용기를 가다듬었다. 그러나 아주 가까이 이르러 두려운 듯 걸음을 늦추자 처음엔 내 쪽으로 얼굴을 돌리지는 않았지만, 마치 토라진 어린애가 하듯이 잔뜩 수그린 채, 꽃이 잔뜩 쥐어진 손을 거의 등 뒤로 나에게 내밀면서 오라고 청하는 시늉을 해 보였다.

그런데 그 몸짓과는 오히려 반대로 내가 멈추어 서자 그녀는 마침내 몸을 돌려 내게로 몇 걸음 다가오면서 얼굴을 들었다. 얼굴에는 미소가 가득 담겨 있었다. 그녀의 눈길에 비추어지자, 내게는 모든 것이 다시금 단순하고 쉽게만 느껴져서, 힘들이지 않고 변함없는 목소리로 말문을 열었다.

"나를 다시 오게 한 건 네 편지야."

"그럴 줄 알았어." 하고 그녀는 말을 하더니, 이내 목소리의 억양에서 책망조를 부드럽게 하며, "그래, 내가 화가 나는 것도 바로 그 점이야. 넌 왜 내가 한 말을 잘못 받아들이니? 도무지 아무렇지도 않은 일이었는데……. — 그러자 벌써 슬픔과 번민은 정말로 나 혼자서 꾸며낸 것으로, 다만 내 마음속에만 존재하는 듯싶었다. ― 전에도 말했지만 우리는 이대로 행복하잖아. 그러니 네가 바꾸어보자고 제의한 것을 내가 거절했다고 해서 뭐 그리 놀랄 게 있니?"

사실 그녀 곁에 있기만 해도 나는 행복함을 느꼈다. 너무나도 행복에 가득 찬 듯해서 이제부터 나의 생각은 그녀의 생각과 조금도 달라지지 않을 것만 같았다. 그리하여 나는 이미 그녀의 미소밖에는, 그리고 이렇게 그녀와 더불어 꽃이 늘어선 따사로운 오솔길을 그녀의 손을 잡고 거니는 것밖에는 아무것도 바라고 있지 않았다.

"만약 네가 그러는 편을 더 좋아한다면……."

다른 모든 희망을 단번에 팽개치고, 그 순간의 완전한 행복에 몸을 맡기면서, 무겁게 말했다.

"만약 네가 그렇게 하는 편을 더 좋아한다면, 우리 약혼하지 말기로 해. 너의 편지를 받았을 때, 사실 나는 행복하다는 것과 그 행복이 사라져 버리려고 한다는 것을 동시에 알 수 있었지. 오! 전에 가졌던 그 행복을 돌려 줘. 나는 그 행복 없이는 견디지 못하겠어. 나는 평생 동안이라도 기다릴 만큼 너를 사랑하고 있어. 그렇지만 네가 나를 사랑하지 않는다거나, 나의 사랑을 의심한다든가 하는 생각은 견딜 수가 없어."

"어머나! 제롬, 나는 그런 걸 의심할 수도 없어."

그런데 이 말을 할 때의 그녀의 목소리는 착 가라앉았으면서도 쓸쓸했다. 그러나 그녀를 환하게 밝혀 주고 있는 그 미소가 변함없이 너무도 맑고 고왔기에, 나는 내가 근심을 품었고 항변하는 게 부끄러웠다. 내가 그녀의 음성 가운데서 느낀 그 서글픔의 여운도, 그러고 보면 모름지기

나의 근심과 항변에서만 나온 것인 듯하였다.

두서없이 나는 나의 계획이며, 공부며, 그리고 얻을 바가 많을 내 새로운 생활 방식들을 이야기하기 시작하였다. 그 무렵의 에콜르 노르말르는 최근에 달라진 그런 학교는 아니었다. 꽤 엄격한 규율이기는 하였지만, 게으르거나 말 안 듣는 성격을 가진 애들에게나 힘겨웠을 뿐, 부지런히 노력하는 학생을 위해선 특혜를 주었다. 거의 수도승 같은 이런 관습이 사회로부터 나를 지켜 주는 것이 내 마음에 들었고, 게다가 사회란 별달리 나의 흥미를 끄는 것도 아니었을 뿐만 아니라, 알리사가 두려워하기만 한다면 대번에 나도 싫어질 만한 것에 지나지 않았다. 미스 애슈부르통은 파리에서 전에 어머니와 함께 살던 아파트에 그냥 눌러 살고 있었다. 파리에는 그분 외에 달리 아는 사람이라고는 없었으므로 아벨과 나는 일요일이면 여러 시간을 그분 곁에서 보내기로 했다. 그리고 일요일마다 알리사에게 편지를 써서 내 생활에 관해 모르는 것이 없도록 하리라.

그때 우리는 열려 있는 온실의 유리창틀에 걸터앉아 있었다. 마지막 열매마저 따버린 오이의 굵직한 가지가 되는대로 뻗쳐 나와있었다. 알리사는 내 이야기에 귀를 기울이고 이것저것 물었다. 여태껏 이보다 더 정성스러운 그녀의 따사로움과 이보다 더 열렬한 그녀의 애정을 느낀 적은 결코 없었다. 걱정과 근심, 그리고 아주 가벼운 동요마저도 마치 티없이 맑은 하늘의 푸르름 속에 사라져 버리는 안개처럼 그녀의 미소 속에 증발되어 버리고, 이렇게도 애틋한 정다움 속에 다시금 흡수되어 버렸다.

이윽고 줄리에트와 아벨이 우리를 찾으러 와, 너도밤나무의 벤치에서 스윈번의 「시대의 개가」를 한 사람씩 차례로 한 구절씩 읽으며 그날의 마지막 시간을 보냈다. 저녁이 왔다.

"자!"

알리사는 우리가 떠날 무렵 나에게 입맞춰 주며 말하였다. 반쯤은 장난 같기도 하고, 반쯤은 누님 같은 태도였다. 어쩌면 무분별한 내 행동이 그녀로 하여금 그런 태도를 취하게 했는지도 몰랐다.

"자, 그럼 이제부터는 그렇게 공상적인 사람이 되지 않겠다고 약속해 줘……."

"그래, 약혼했니?"

우리가 다시 둘이만 있게 되자 아벨이 물었다.

"야, 그런 것은 이제 문제도 안 돼."

나는 대답하고 나서 다른 모든 질문을 딱 잘라 버리는 어조로 얼른 덧붙여 말했다.

"그리고 이대로 있는 편이 훨씬 좋아. 여태껏 오늘 오후처럼 행복했던 적은 없었어."

"나도 그래."라고 그는 소리질렀다.

그리고는 갑자기 내 목을 끌어안으며, "놀랍고도 희한한 이야기를 해 줄까! 제롬, 나는 줄리에트에게 홀딱 반했어. 지난해에도 나는 그런 생각을 좀 하긴 했었지. 하지만 그후로도 나는 세상 맛을 봐왔고 해서 말야, 네 외사촌 누이들을 다시 만나보기 전에는 아무것도 네게 말하려고 하지 않았던 거야. 이제는 끝났어. 내 인생은 결정됐어."

나는 사랑한다.
사랑하노라기보다는 ─ 나는 줄리에트를 숭배한다!
(라신의 비극 「브리타니퀴스」 중의 네롱의 대사를 흉내낸 것)

"오래 전부터 난 너에게 어떤 의형제 같은 애정을 느꼈던 거야…….."
그리고는 웃고 장난치며 팔을 돌려 나를 껴안는가 하면, 우리가 탄 파리행 열차의 좌석 위에서 어린애처럼 뒹구는 것이었다. 그의 고백으로 나는 숨이 막힐 지경이었고 거기에서 느껴지는 과장된 표현으로 약간은 거북스러웠다. 하지만 이토록 벅찬 감격과 희열에 무슨 도리로 맞설 수 있을까?
"그래, 어떻게 됐어, 고백했니?"
쏟아져 나오는 열렬함과 희열 사이로 간신히 나는 물어보았다.
"천만에!"라고 그는 소리 질렀다.
"나는 역사의 가장 매력적인 대목을 불사르고 싶지는 않아."

사랑의 가장 아름다운 순간은 "너를 사랑한다"고 말할 때가
아니니…….
(라신의 비극 「브리타니퀴스」 중의 네롱의 대사를 흉내낸 것)

"이것 봐! 나를 비난하진 않겠지. 느림보 대장이신 너로선 말야."

"하지만 결국……."

나는 좀 약이 올라 말을 이었다.

"네 생각엔, 그녀가, 그녀 쪽에서……."

"아니 그래, 그녀가 나를 다시 만나게 되자 어쩔 줄 몰라 하던 것을 알아보지 못했구나. 우리가 거기에 머무르고 있는 동안 줄곧, 그렇게도 흥분하여, 얼굴을 붉히고, 이야기를 끊지 않고……. 아니, 너는 물론 아무 것도 눈치채지 못했겠지. 온통 알리사에게 빠져 있었으니! ……그리고 그녀가 어떻게나 질문을 해대는지! 내가 하는 말을 얼마나 다소곳이 듣고 있었는지! 한 해 동안 굉장히 똑똑해졌더구나. 도대체 무엇을 보고, 넌 줄리에트가 책읽기를 좋아하지 않는다고 생각할 수 있었는지 난 모르겠다. 너는 항상 책이란 알리사를 위해서만 있는 것인 줄 믿고 있단 말이야……. 하지만 제롬, 줄리에트는 놀랄 만큼 많이 알고 있었어! 저녁 먹기 전에 우리가 무엇을 하며 즐겼는지 아니? 단테의 칸초나(小曲集)를 암송하며 즐겼어. 둘이서 한 절씩 읊는데 말이지, 내가 틀릴 때는 그녀가 고쳐 주었어. 너도 이 시를 잘 알지?"

Amer che nella mente mi ragiona.
(내 마음 가득히 채워 주는 사랑의 마음이여.)

"그녀가 이탈리아어를 배웠다는 말을 너는 내게 말해 주지 않았잖아?"

"나도 그건 몰랐어." 하고 나는 몹시 놀라며 말했다.

“아니, 칸초나를 시작할 때, 그녀 말로는 이탈리어를 가르쳐 준 건 너라던데.”

“아마 내가 알리사에게 읽어 주는 걸 들었던 모양이지. 그녀는 종종 우리 곁에서 바느질을 하거나 수를 놓곤 했어. 하지만 알고 있다는 눈치는 조금도 비치지 않던데.”

“그랬을 거야. 알리사와 너는 지독한 이기주의자거든. 자기네 사랑에만 푹 빠져 가지고는 그 지능, 그 영혼이 놀랍도록 꽃피우는 걸 거들떠보지도 않았으니 말이야! 내가 나를 추켜세우려고 그러는 것은 아니지만, 아무튼 나는 때맞춰 나타난 거야. 그리고 너를 탓하는 건 아니야. 너도 잘 알잖니?”라고 말하면서 그는 나를 또 껴안았다.

“그러나 이것만은 약속해. 알리사에게는 이 일에 대해서는 한마디도 하지 않는다고. 내 일은 혼자서 처리할 생각이니까. 줄리에트는 잡힌 몸이지, 그건 확실해, 이 다음 방학 때까지 이대로 내버려두어도 끄떡 않을 정도야. 이제부터 그때까진 편지도 쓰지 않을 생각인데 뭘. 하지만 신년 휴가만 되면 너하고 르아브르에 가서 방학을 지내고, 그런 다음…….”

“그리고는?”

“그거야 뭐! 알리사는 갑자기 우리의 약혼을 알게 되는 거지. 이 일을 나는 빠르게 처리할 작정이야. 그리고 나선 무슨 일이 일어나는지 알겠니? 네가 얻어내지 못하는 알리사의 그 승낙을 내가 우리들의 본보기의 힘으로써 네게 얻어주겠단 말야. 우리 둘이서 알리사를 설복시키겠단 말이지. 너희들 결혼 전에는 우리도 결혼할 수 없지 않느냐고…….”

그는 그치지 않고 이야기를 계속하여 기차가 파리에 도착하고, 우리가 노르말르에 돌아왔을 때까지도 그칠 줄 모르는 이야기의 홍수 속으로 나를 잠겨들게 하였다. 우리가 역에서 학교까지 걸어왔음에도 불구하고, 그리고 이미 밤이 깊었는데도 아벨은 내 방까지 따라와 아침이 다 되도록 이야기를 계속하였다.

아벨의 열정은 현재와 미래까지도 멋대로 다루었다. 그는 벌써부터 우리 두 쌍의 결혼식을 눈 앞에 보며 이야기했다. 각 쌍의 놀라움과 기쁨을 상상하며 묘사하기도 했고, 우리의 사랑 이야기, 우리의 우정, 그리고 내 사랑에 있어서의 자기의 역할의 아름다움에 도취하기도 했다. 나는 이토록 술깃한 열정에 별로 저항도 못했고, 마침내는 스스로 그런 기분에 젖어들어 허무맹랑한 그의 꿈 같은 제안에 슬그머니 넘어가고 말았다. 사랑 덕분에 우리의 야망과 용기는 부풀어오르기만 하였다.

에콜르를 졸업하면 곧 보티에 목사의 주례에 의하여 두 쌍의 결혼이 축복 받고 우리들 넷은 여행을 떠나리라. 그리고는 우리가 거창한 일에 착수하면 아내들은 기꺼이 우리의 협력자가 되어 주리라. 교수직엔 별로 마음이 끌리지 않고 글쓰는 소질만은 타고났다고 자신하는 아벨은, 몇 편의 희곡에서 성공을 거두어 여태까지 없던 재산을 삽시간에 모아 놓으리라. 학문에서 오는 이익보다 학문 자체에 마음이 끌리는 나로서는 종교철학에 몰두하고 그 역사를 써보기로 하리라. 그러나 이제 와서 그 많은 희망을 불러일으켜 본들 무슨 보람이 있는가? 그 다음날 우리는 다시 공부에 열중했다.

4

　신년 방학까지는 시일이 너무도 짧았고, 알리사와의 마지막 만남으로
몹시 열광되었던 나의 믿음은 한시도 누그러질 줄 몰랐다. 스스로 약속
했던 대로 나는 그녀에게 일요일마다 아주 길게 편지를 썼다. 다른 날에
는 한반 친구들과도 멀리하고 간혹 아벨만 만났으며, 알리사에 대한 생
각만으로 지냈다. 좋아하는 책에다는 내 자신이 거기에서 찾는 재미보
다도, 알리사가 맛볼 수 있을 재미를 으뜸으로 여기면서 그녀를 위한 표
시를 가득히 해 놓았다. 그녀에게서 오는 편지는 여전히 나를 불안스럽
게 만들었다. 비록 내 편지에 대하여 꽤 규칙적으로 회답해 주기는 했지
만, 그래도 나를 따라오는 그 열성에는 그녀 스스로의 마음의 이끌림이
라기보다는 차라리 내 공부를 격려해 주려는 염려가 엿보이는 것 같았
다. 또한 감상이나 토론 비평 등이 나에겐 다만 내가 생각하는 바를 나
타내려는 방법인데 비해 그녀는 반대로 이런 모든 것으로써 자기의 생

각을 나에게 숨기는 데 이용하려는 듯 생각되기조차 하였다. 가끔 나는 그녀가 장난으로 그러는 것이 아닌가 하고 의심했다……. 아무래도 좋다! 아무런 불평도 늘어놓지 않기로 굳게 마음을 먹은 나는 그러한 불안이 내 편지 속에서는 조금도 드러나지 않도록 하였다.

12월 말경, 아벨과 나는 르아브르를 향해 출발하였다.

나는 플랑티에 이모님 댁에 머물렀다. 내가 들어섰을 때 이모는 집에 계시지 않았지만 내 방에 짐을 풀자마자 곧 하인이 와서 응접실에서 이모가 나를 기다리신다고 알려 주었다.

이모는 내 건강이며, 숙소 형편이며, 학과 공부에 관해 대강 들으시자, 곧이어서는 그 애정에 찬 호기심에 이끌려 별반 주의도 하지 않고,

"애야, 퐁그즈마르에 갔던 것이 만족스러웠는지 어땠는지를 여태 나한테 말하지 않았지, 네 일을 좀 진척시킬 수 있었니?" 하고 물으셨다.

나는 이모의 어설픈 친절을 견디어내야만 했지만, 더없이 순수하고 다정한 말들이라 해도 역시 나를 거칠게 만드는 듯한 그러한 감정들을 그저 간단히 다루는 것을 듣기는 괴로운 일이었다. 한편으로는 그게 너무도 구김살 없고 정다운 어조를 띠고 있었기 때문에 내가 언짢게 여기는 것은 어리석은 짓일 것 같았다. 그럼에도 불구하고, 처음에 나는 약간 대들기도 했다.

"지난봄엔 우리의 약혼이 너무 이르다고 하지 않으셨어요?"

"그랬지, 나도 알고 있다. 처음에는 으레 그렇게 말을 하는 거지 뭐." 라고 이모는 나의 한 손을 잡아 자기의 손 안에 감동적으로 꼭 쥐면서 얼른 대답하였다.

"그리고 너의 공부며, 네 병역 때문에 몇 해 후가 아니면 너희들이 결혼할 수 없으리라는 것도 나는 잘 알고 있어. 그렇기는 하지만 내 생각으로는 약혼 기간이 너무 길면 안 좋다는 거지. 그러면 처녀들이 지쳐 버리거든. 때로는 아주 애처롭기도 해. 그건 그렇고 약혼은 말이지, 반드시 공식적으로 해 둘 필요가 있어……. 단지 그렇게 해두면 남들이 — 아무렴, 은근히 속짐작으로지만 — 이제부터는 그 처녀에게 손을 뻗쳐볼 필요가 없다는 것을 알아차릴 수 있게 되는 거야. 그리고 만약 다른 누가 청혼하여 오면 말이지, 이거야 아주 있을 법한 일이지." 라고 이모는 그럴듯한 미소를 지으면서 빗대어 말했다.

"공표해 둔 것이니 상냥하게 대답할 수도 있지 않니? '아뇨, 그럴 필요가 없어요.' 라고 말이야. 너도 알겠지, 줄리에트에게 청혼이 들어왔다는 건! 올 겨울에 그애는 무척 남의 눈에 띄었었거든. 그애는 아직 나이가 좀 어리고, 그애가 대답한 것도 그거였어. 그런데 그 청년은 기다리겠다는 거야……. 정확히 말하면 이미 청년이라고 할 만한 사람은 아니지만…… 아무튼 훌륭한 혼처이긴 해. 아주 틀림없는 사람이지. 그렇잖아도 내일이면 너도 만나볼 수 있게 될 거야. 우리 집의 크리스마스 트리를 보러 올 테니까. 네 인상이 어떤지 나중에 내게 말 좀 해 주렴."

"모르긴 하지만, 이모! 그 사람이 헛수고를 하는 게 아닐까요? 줄리에트는 딴 사람을 생각하고 있을지도 모르죠." 라고 나는 아벨의 이름을 대뜸 가르쳐 주지 않으려고 무척 애를 쓰면서 말하였다.

"응?"

믿지 못하겠다는 듯이 입을 뾰족 내밀고 머리를 갸우뚱하면서 이모는 의심쩍게 말하였다.

"깜짝 놀랄 얘기로구나. 그렇다면 어쩌자고 그애가 그럴 말을 여태껏 한마디도 하지 않았을까?"

나는 더 이상 말하지 않으려고 입술을 깨물었다.

"이런 참! 두고 보면 다 알게 되겠지. 줄리에트 그애는 요즘 좀 앓고 있어서……."라고 이모는 다시 말을 계속했다.

"그건 그렇고 지금 문제는 그애가 아니지, 그래! 알리사도 참 귀여운 애지……. 그런데 그애에게 선언을 했니? 안 했니?"

'선언' 이라는 이 말이 내게는 너무도 어울리지 않게 거친 표현인 것 같아서 발끈하기는 했지만, 정면으로 질문을 받은 데다가 거짓말을 잘 꾸며대지 못하는 나로서는 얼버무려 대답하고 말았다.

"네."

그러자 내 얼굴이 벌겋게 달아오르는 것을 느꼈다.

"그러니까 그애가 뭐라고 하던?"

나는 고개를 숙였다. 대답하고 싶지 않았다. 더욱 어쩔 줄 모르게 되어 나 자신도 모르는 사이에 내키지 않는 듯이 말했다.

"약혼을 거절하더군요."

"그래! 그애 말이 옳다. 고, 깜찍한 애가!"

이모는 소리쳤다.

"너희들이야 아무 때나 할 수 있는 거니까. 아무렴……."

"아아! 이모, 그 이야기는 이제 그만두세요."라고 나는 말을 막으려 하였으나 헛일이었다.

"그건 그렇고, 난 그애가 그랬다고 해도 놀랍지 않구나. 그애는 언제나 너보다 분별이 있어 보였거든."

나는 그때 무엇에 사로잡혔는지 잘 모르긴 했으나, 분명 그렇게 다져 물으신 말에 흥분되어서 그런지 갑자기 내 가슴은 터질 것만 같았다. 그래서 마치 어린애처럼 나는 마음씨 고운 이모의 무릎에 이마를 묻고 비벼대며 흐느끼면서,

"이모, 아니에요. 이모는 몰라요!" 라고 소리쳤다.

"그녀가 기다려 달라고 청한 건 아녜요."

"아니 뭐라고! 그애가 너를 싫어하기라도 한단 말이냐?"

이모는 손으로 내 이마를 떠받치며 아주 부드럽고 연민에 찬 음성으로 말했다.

"그것도 아녜요……. 아녜요, 확실히 그런 것도 아니에요."

나는 서글프게 머리를 가로 저었다.

"그애가 이제는 너를 사랑하지 않을까 봐 두렵니?"

"아아! 아니에요. 제가 두려워하는 건 그게 아니에요."

"애야, 좀더 분명하게 설명을 해야 내가 알아들을 게 아니니?"

내 마음이 약하게 되어 버린 것이 나는 부끄럽고도 서글펐다. 이모는 필경 내가 불안해하는 이유를 모르고 있었다. 하지만, 만일 알리사가 거절한 이면에 뚜렷한 어떤 동기가 숨어 있는 것이라면, 이모가 그녀에게 부드럽게 물어 보심으로써 어쩌면 나를 도와서 그 동기를 밝혀낼 수도 있을 듯하였다. 이모는 곧 스스로 그 이야기를 꺼냈다.

"들어봐."

이모는 말을 이었다.

"내일 아침에 알리사가 크리스마스 트리를 꾸미러 올테니까, 어떻게 된 영문인지 내가 당장 알아보마. 그것을 점심 때 알려 줄게. 그러면 네가 걱정할 것은 아무것도 없다는 것을 깨닫게 되겠지, 틀림없이."

나는 뷔콜랭 댁으로 저녁을 먹으러 갔다. 아닌 게 아니라 며칠 전부터 앓고 있던 줄리에트는 어딘가 달라 보였다. 그녀의 눈길은 약간 매섭고 또 거의 냉혹한 표정을 띠고 있어서, 전보다도 훨씬 더 자기 언니와 달라 보였다. 그날 저녁, 나는 그녀들 중의 누구 하나와도 별다른 이야기를 할 수 없었다. 나도 이야기할 마음이 전혀 없었거니와, 게다가 외삼촌이 피로해 보였기 때문에 식사를 마치자 곧 물러나와 버렸다.

플랑티에 이모가 마련하는 크리스마스 트리는 해마다 많은 아이들과 친척들과 친구들을 모여들게 하였다. 이 트리는 층계 참이기도 한 현관 입구에 세워져 있었고, 이 현관은 첫 번째 문간방, 응접실, 그리고 찬장을 들여놓은 온실 비슷한 방의 유리문 등으로 통해 있었다. 트리 장식이 끝나지 않아서 축제일 아침에, 즉 내가 도착한 이튿날, 알리사는 이모가 말씀하신 대로 꽤 이른 아침부터 와서는 여러 가지 장식이니, 조명, 과일, 과자, 장난감 등을 나뭇가지에 달아 매는 일로 이모를 도왔다. 나도 그녀 곁에서 이런 일을 거들었다면 매우 기뻤겠지만, 이모가 그녀에게 이야기를 하도록 해주어야만 했다. 나는 그녀를 만나지 않고서 집을 나와 버렸고, 아침 한나절 불안한 마음을 억누르려고 애썼다.

줄리에트를 다시 만나보고 싶어 나는 우선 뷔콜랭 댁으로 갔다. 가보니 아벨이 나보다 앞서 그녀 곁에 와 있기에, 중요한 이야기를 방해할 까

봐 걱정이 되어 난 곧 되돌아서서 점심 때까지 선창가와 거리를 헤맸다.

"이런 바보!"

내가 들어서자, 이모가 외쳤다.

"그따위 쓸데없는 생각으로 인생을 망쳐버리려 하다니. 네가 오늘 아침 내게 들려 준 이야기는 모두 당치도 않아. 아무렴! 내가 단도직입적으로 말했지. 우리를 거들어 주느라고 피로해진 미스 애슈부르통을 산책이나 좀 하라고 내보내고 나서, 알리사하고 단 둘이만 있게 되자, 왜 올 여름에 약혼하지 않느냐고 아주 솔직하고 간단하게 물어보았지. 아마 너는 그애가 난처하였을 것이라고 생각하겠지? 그애는 조금도 동요하지 않고 아주 침착하게 대답을 하더라.

그애는 제 동생보다 먼저 결혼하고 싶지 않다고 말이야. 너도 그애에게 솔직히 물어 보았더라면 나에게 말한 그대로 대답하였을 거다. 혼자서 고민한 것도 바로 그것이었어, 그렇지 않니? 얘야, 솔직한 것만큼 좋은 것은 없는 법이야. ……가엾은 알리사는 자기 아버지에 관해서도 이야기하며, 아버질 떠날 수 없다고도 하더구나. 우리는 이야기를 많이 나누었지. 그 조그만 애가 아주 지각이 있어. 그리고 아직 자기가 너한테 어울리는 여자인지 아닌지 확신을 갖지 못한다는 말도 하더라. 그리고 자기가 네게 너무 나이가 많지 않은 지도 두렵고, 차라리 줄리에트 나이 또래의 여자가 어울리겠다고……."

이모는 말을 계속했다. 그러나 나는 더 이상 듣고 있지 않았다. 단 한 가지 일만이 내게는 중요하였던 것이다. 알리사는 제 동생보다 먼저 결혼하기를 거부한다는 것이었다. 하지만 아벨이 있지 않은가! 그리고 보

면 그 녀석 말이 옳았구나, 자신만만한 녀석 같으니라고. 그가 말한 것
처럼 그 녀석은 한꺼번에 우리 두 쌍의 결혼을 성사시키려는 것이다.

아주 단순한 것이기는 하지만, 이모의 그 얘기가 나를 흥분시켰고, 나
는 최선을 다해 이모에게 이 흥분을 감췄다. 이모에게는 너무나도 당연
스러운 기쁨, 그리고 그것이 다 자기의 덕택이라고 생각될수록 한층 더
이모를 흡족하게 할 기쁨만을 나타내 보였다. 그렇지만 점심을 끝내자
난 당장 되는 대로 핑계를 대고 이모 곁을 떠나 아벨을 만나러 달려갔다.

"어때, 내 뭐라고 하던!"

나의 기쁨을 그에게 알려 주자, 곧 그는 나를 껴안으면서 소리치는 것
이었다.

"이봐, 오늘 아침 줄리에트와 내가 한 이야기는 거의 결정적이었다고
단언할 수 있어. 하긴 우리는 거의 네 이야기밖에 하지 않았지만. ─ 그
렇지만 그녀가 피곤해 보이고 뒤숭숭해 보이기에 지나치게 깊이 그녀를
자극하거나, 너무 오래 머물러 있으면 흥분시킬까 두려웠지. 네 말을 듣
고 보니 일은 다 된 거야! 내가 가서 단장(短杖)과 모자를 빨리 가져올
게. 혹시 도중에 내가 훌쩍 날아가 버리면 날 붙잡아 줄 셈치고 뷔콜랭
댁 문간까지만 따라와 줘, 나는 지금 오이포리온 ─ 괴테의 『파우스트』
제2부 참고 : 파우스트와 헬레네 사이에 태어난 아이로 하늘로 날아오른
다. ─ 보다도 더 몸이 가벼운 것 같으니까…… 제 언니가 거절한 것이
오로지 자기 때문이라는 것을 줄리에트가 알면, 그리고 곧이어 내가 청
혼을 하면, 아아! 제롬, 나는 오늘 저녁 우리 아버지가 크리스마스 트리
앞에서 행복에 겨운 눈물을 흘리면서 주님을 찬양하고, 축복에 넘치는

손을 무릎 꿇은 네 사람의 약혼자의 머리 위에 뻗으시는 게 벌써부터 보이는 듯하구나. 미스 애슈부르통은 한숨 속으로 증발하여 버릴 것이고, 플랑티에 아주머니는 웃옷 속으로 녹아내릴 것이며, 환히 불이 밝혀진 트리는 주님의 영광을 찬송할 것이고, 성경에 나오는 산들처럼 손뼉을 칠 것이다."

　해질 무렵에야 크리스마스 트리에 불이 켜질 것이고, 애들과 친척들과 친구들이 그 주위로 모여들 것이다. 아벨을 내버려두고 나온 후, 불안과 초조에 가득 차서 일손이 잡히지 않았기 때문에 나는 기다리는 동안을 잊으려고 생트 아드래스의 낭떠러지까지 갔다. 도중에 길을 잃었기 때문에 플랑티에 이모 댁으로 다시 돌아왔을 때는 이미 축제는 시작되었지만 다행히도 성찬이 시작된 지는 오래지 않아서였다.
　현관에 들어서는 길로 나는 알리사를 보았다. 그녀는 나를 기다리고 있었던 양, 곧장 내 쪽으로 왔다. 엷은 블라우스의 패어 있는 곳에는 목에서부터 오래 되고 자그마한 자수정의 십자가가 빛나고 있었다. 어머니의 기념으로 내가 준 것이었지만, 지금까지 나는 그녀가 그걸 달고 있는 것을 보지 못했다. 그녀의 표정은 긴장되어 있었고, 고통스러운 안색은 내 가슴을 아프게 하였다.
　"왜 이렇게 늦게 오는 거야?"
　그녀는 다급하고도 숨가쁜 목소리로 말하였다.
　"낭떠러지에서 길을 잃었어……. 그런데 어디 아픈 모양이구나. 아니! 알리사, 무슨 일이 있었어?"

그녀는 당황한 듯이 입술을 부르르 떨며 잠시 내 앞에 서 있었다.

그 어떤 불안감이 나를 졸라매고 있어서 나는 감히 캐어 묻지를 못했다. 그녀는 마치 나의 얼굴을 끌어당기려는 듯이 내 목에 손을 얹었다. 그녀가 무엇인가를 얘기하고 싶어한다는 것을 알았다. 하지만 그 순간 손님들이 들어왔다. 맥이 풀려버린 그녀의 손은 아래로 떨어졌다.

"이제는 시간이 없어."

그녀는 중얼거렸다. 그리고 내 눈에 눈물이 가득히 고여드는 것을 보면서, 마치 이런 보잘것 없는 변명이 나를 진정시킬 수 있기라도 하듯이 내 눈길의 질문에 대답했다.

"아니야…… 안심해. 머리가 좀 아플 뿐이야. 저 애들이 어찌나 소란을 피우는지……. 그래서 이리로 피신해 온 거야. 이제 그애들 곁으로 돌아가 봐야 해."

그녀는 갑자기 내 옆을 떠났다. 사람들이 들어와서 나를 그녀로부터 떼어놓아 버렸다. 나는 응접실로 가서 그녀를 다시 만나야겠다고 생각했다. 방 저쪽 끝에서 한 떼의 애들에게 둘러싸여 놀이를 짜주고 있는 그녀가 보였다. 그녀와 나 사이에는 여러 사람들이 보였고, 그들 옆을 지나가려 하다가는 누군가에게 반드시 붙잡힐 것 같았다. 인사니, 이야기니 그러한 것을 나눌 수 있을 것 같지 않았다. 혹시 이 벽을 따라 살짝 빠져나간다면……. 나는 그렇게 해보았다.

내가 정원의 커다란 유리창 문 앞을 지나려 할 때, 누군가가 내 팔을 잡는 것을 느꼈다. 줄리에트가 문간에 반쯤 몸을 감추고 커튼으로 몸을 감싼 채 거기에 있었던 것이다.

"온실로 가."

그녀는 다급하게 말하였다.

"말할 게 있어. 그쪽으로 먼저 가. 내 곧 거기로 갈게."

그리고는 문을 반쯤 열고 정원으로 달아나 버렸다.

무슨 일이 일어났던 것일까? 아벨을 만나보고 싶었다. 그애가 무슨 말을 하였을까? 무슨 일을 저질렀나? 현관으로 되돌아오며 나는 줄리에트가 기다리고 있는 온실로 들어갔다.

그녀의 얼굴은 벌겋게 달아 있었다. 찌푸린 눈썹도 그녀의 눈초리를 거칠고도 괴로운 모습으로 보이게 하였다. 눈은 별이라도 있는 듯이 반짝거렸다. 목소리조차도 까칠까칠하고 경련을 일으키고 있는 것 같았다. 무언지 분노 같은 것이 그녀를 흥분시키고 있었다. 불안한 마음에도 불구하고 나는 그녀의 아름다움에 놀랐고, 거의 어색할 지경이었다. 우리 둘뿐이었다.

"알리사가 말했어?"

그녀는 곧장 물었다.

"겨우 두어 마디, 내가 늦게 들어왔었거든."

"언니는 내가 먼저 결혼하기를 바란다는 걸 알아?"

"응."

그녀는 나를 뚫어지게 보고 있었다.

"그리고 내가 누구와 결혼하기를 언니가 원하는지도?"

나는 아무 말도 하지 않고 있었다.

"오빠야!"라고 그녀는 소리질렀다.

“돌았군.”

“그렇지?”

그녀의 목소리에는 절망과 승리감이 동시에 깃들어 있었다. 그녀는 몸을 다시 일으켜 세웠다. 아니 정확히 말하자면, 몸을 뒤로 젖혔다.

“이제는 내가 할 일이 뭔지 알겠어.”라고 막연하게 덧붙여 말하고는, 등 뒤로 나 있는 정원 문을 난폭하게 꽝 닫고는 나가 버렸다.

내 머리와 가슴속에서 모든 것이 비틀거렸다. 관자놀이에서 피가 뛰는 것을 느꼈다. 오직 하나의 생각만이 내 마음의 혼란에 대하여 버티고 있었다. 아벨을 찾자, 그러면 그애는 어쩌면 이 두 자매가 하던 야릇한 이야기를 내게 설명해 줄 수 있을지도 모른다. 하지만 나의 혼란된 모습을 모든 사람이 다 알아차릴 거라는 생각을 하니 응접실로 감히 들어갈 용기가 없었다. 나는 밖으로 나왔다. 정원의 차가운 공기가 나를 가라앉혔다. 나는 얼마동안 그대로 거기 서 있었다. 밤이 내리고 있었으며, 바다 안개가 시야를 가리고 있었다. 나무들은 잎이 다 벗겨져 있었고 대지와 하늘은 끝없이 황량해 보였다. ……노랫소리가 들려왔다. 아마 크리스마스 트리 주위에 모여 있는 애들의 합창인 모양이다. 현관으로 해서 나는 다시 들어갔다. 응접실과 문간방의 문들은 열려 있었다. 지금은 텅 비어 버린 응접실에서 피아노 뒤에 반쯤 가려진 이모가 줄리에트와 이야기를 하고 있었다. 문간방에서는 크리스마스 트리 주위로 손님들이 붐비고 있었다. 어린애들이 찬송가를 막 마친 때였다. 갑자기 조용해지더니 보티에 목사가 트리 앞에서 설교 비슷한 것을 시작하였다. 그는 자신이 ‘좋은 씨를 뿌리기’ 라고 부르는 것을 위해서는 어떠한 기회도 놓치는 법이 없었다. 불빛과 후덥지근함이 나를 불쾌하게 했다. 나는 다시 나가고 싶었다. 문에 기대어 있는 아벨이 보였다. 그는 조금 전부터 거기 있었던 모양이다. 그는 적의에 찬 눈초리로 나를 쳐다보더니, 우리의 시선이 마주치자 어깨를 으쓱했다. 나는 그에게로 갔다.

"바보 같은 녀석."

그는 나지막하게 내뱉었다. 그리고는 불쑥 "야, 이봐! 밖으로 나가자. 훌륭한 말씀은 이제 진저리가 난다." 하고는 밖으로 나와 내가 말없이 그를 걱정스레 바라보자, "바보 같은 자식!" 이라는 말을 또 내뱉었다.

"그녀가 사랑하는 사람은 너란 말이야, 이 바보야! 그래 너는 그 말을 나한테 해줄 수 없었니?"

나는 깜짝 놀랐다. 더 이상 알고 싶지도 않았다.

"아니, 말할 수 없었겠지! 너 혼자서는 그런 것을 알아차릴 수도 없었을 테니까."

그는 내 팔을 붙들더니 미친 듯이 흔들어 댔다. 악물은 이빨 사이로 새어나오는 그의 목소리는 부들부들 떨리며 씩씩거렸다.

"아벨, 제발…… 부탁이야."

나는 잠시 후 떨리는 목소리로 말하였다. 그리고는 그가 성큼성큼 나를 마구 끌고 가는 동안, "그렇게 화만 내지 말고, 무슨 일이 있었는지 말 좀 해 봐. 난 아무것도 몰라." 하고 말했다.

그는 가로등 불빛 아래서 돌연히 나를 세우더니 내 얼굴을 뚫어져라 쳐다보았다. 그러더니 와락 나를 끌어안으며 내 어깨에 얼굴을 파묻고는 흐느끼며 중얼거렸다.

“미안해! 나도 역시 바보야. 나는 너보다도 더 몰랐어.”

눈물은 그를 좀 진정시킨 듯했다. 그는 다시 고개를 들고 걷기 시작하더니 이렇게 말했다.

“무슨 일이 있었느냐고? 이제 와서 그걸 또다시 말해 본들 무슨 소용 있겠니? 네게 말했지만, 아침에 난 줄리에트에게 이야기를 했지. 그녀는 유별나게도 예쁘고 생기에 차 있었어. 난 그게 나 때문인 줄 믿었지. 알고 보니 그건 우리가 너에 대한 이야기를 나누었기 때문이었어, 순전히…….”

“그때는 너도 그런 줄 몰랐지?”

“응, 정확히는 몰랐어. 하지만 이젠 아무리 사소한 몸짓이라도 분명히 알 것 같아.”

“네가 잘못 생각하고 있지 않다는 건 분명해?”

“잘못 생각하다니! 천만에, 그녀가 너를 사랑한다는 것을 보지 못한다면 장님임에 틀림없을 걸.”

“그래서 알리사가…….”

“그래서 알리사가 자신을 희생하고 있는 거야. 자기 동생의 비밀을 알게 되자, 그녀는 자기 자리를 양보하려고 들었던 거지. 어때 넌! 그리 이해하기 힘든 일도 아니지? 하기야…… 나는 줄리에트에게 다시 이야기해 보고 싶었어. 내가 말을 꺼내자마자, 아니 내 말뜻을 알아듣기 시작하자마자, 그녀는 우리가 앉아 있던 긴 의자에서 벌떡 일어서더니, 여러 번이나 되풀이해서 ‘그런 줄 알았어요.’ 라고 말하는 거야. 도무지 그런 줄 몰랐던 사람의 어조로…….”

"아아, 농담은 제발 그만해!"

"왜? 나도 우습다고 생각해. 그녀는 제 언니 방으로 뛰어 들어갔어. 느닷없이 격한 목소리가 들리길래 난 깜짝 놀랐어. 줄리에트를 다시 만나봐야겠구나 생각하고 있었는데, 얼마 있다가 나오는 것을 보니 알리사야. 그녀는 모자를 쓰고 있었는데, 날 보고는 어색한 빛을 띠더니, 지나치면서 재빨리 '안녕하세요' 라고 하더구나……. 그뿐이야."

"줄리에트를 다시 못 보았니?"

아벨은 조금 망설였다.

"보았지, 알리사가 나가 버린 뒤에 나는 그 방문을 밀었거든. 줄리에트는 난로 앞에서 대리석 위에 팔꿈치를 세우고는, 두 손으로 턱을 받친 채 꼼짝 안하고 서 있더라. 뚫어지게 거울 속의 제 모습을 노려보면서 말야. 나의 기척을 듣더니 돌아다보지도 않은 채 '제발, 혼자 있게 좀 해주세요!' 라고 소리를 지르면서 발을 동동 구르더군. 아무 말 못하고 도로 나올 만큼 그 어조는 너무나도 매몰찼어. 그게 전부야."

"그럼 이제부터는?"

"아아! 털어놓고 나니까 기분이 좋구나……. 그럼 이제부터는? 글쎄! 넌 이제부터 줄리에트의 상사병을 치료하는 데 힘쓰렴. 내가 알리사를 아주 잘못 본 것이 아니라면 말이다. 그러기 전에는 알리사가 네게 돌아오지 않을 테니까……."

우리는 꽤 오랫동안 말없이 걸었다.

"돌아가자!"

마침내 그가 말했다.

“손님들도 이제는 다 갔을 거야. 아버지가 나를 기다리실 지도 몰라.”

우리는 돌아왔다. 응접실은 정말 텅 비어 있었다. 문간방에도 장식이 다 떨어지고 불도 거의 다 꺼져 있는 트리 곁에 이모와 그 두 아이들, 뷔콜랭 외삼촌, 미스 애슈부르통, 목사, 외사촌 누이들, 그리고 이모와 오래 이야기하는 것을 본 적이 있는 퍽 우스꽝스러워 보이는 사나이 — 이때야 비로소 그 사람이 줄리에트가 나에게 얘기해 준 적이 있었던 그 청혼자라는 것을 알았다. — 이렇게 밖에는 남지 않았다. 우리들 중의 누구보다도 몸집이 크고 다부지고 혈색이 좋은 데다가 거의 대머리에 다른 계급, 다른 사회, 다른 태생의 그 사나이는 우리 사이에 끼인 자신을 이방인인 듯 느끼고 있는 것 같았다. 그는 거추장스러운 콧수염 아래로 희끗희끗한 황제 수염 꼬투리를 초조하게 끌어당겼다 비볐다 하고 있었다. 아직도 문이 열려져 있는 현관은 이젠 불도 켜 있지 않았다. 둘이 다 소리내지 않고 들어섰기 때문에, 우리가 와 있는지를 알아차린 사람은 아무도 없었다. 무서운 예감이 나를 죄어왔다.

“잠깐!”

내 팔을 붙잡으면서 아벨이 말했다.

우리는 그때 그 낯선 사나이가 줄리에트에게 다가서서, 그를 쳐다보지도 않고 아무런 저항도 없이 내민 줄리에트의 손을 붙잡는 것을 보았다. 캄캄한 밤이 내 가슴을 덮었다.

“하지만, 아벨, 이게 무슨 일이니?”

마치 아직도 잘 이해하지 못한 것처럼, 아니, 그렇기를 바라는 것처럼 중얼거렸다.

"아무렴! 그녀는 경매(競賣)를 하고 있는 거야."라고 그는 새어나오는 목소리로 말했다.

"그녀는 언니에게 지고 싶지 않은 거야. 저 위에서는 천사들이 박수갈채를 보내고 있을 거야!"

외삼촌이 다가가 미스 애슈부르통과 이모에 둘러싸여 있는 줄리에트의 뺨에 입맞추었다. 보티에 목사도 다가섰다. ……나는 한 걸음 앞으로 나섰다. 알리사가 나를 보고 뛰어오더니 오들오들 떨면서 말했다.

"하지만 제롬, 이럴 수는 없어. 저 아이는 저 사람을 사랑하고 있지도 않는 걸! 오늘 아침에도 저 애는 그렇게 말했어, 말려 줘, 제롬! 오오, 저 애가 어떻게 되려고?"

그녀는 절망적으로 애원하면서 내 어깨에 매달리는 것이었다. 나는 그녀의 고통을 덜어주기 위해서라면 내 생명이라도 바치고 싶었다.

트리 곁에서 갑자기 외치는 소리와 혼잡하게 웅성거리는 소리가 들려왔기에 우리는 뛰어갔다. 줄리에트는 정신을 잃고 이모의 팔에 쓰러져 있었다. 저마다 다급히 서둘러 그녀를 굽어보는 바람에 나는 간신히 그녀를 볼 수 있었다. 흐트러진 머리카락이 무섭도록 창백한 그녀의 얼굴을 뒤로 끌어당기는 듯했다. 그녀의 몸이 가끔 꿈틀거리는 것을 보아 이것은 결코 예사로운 까무러침이 아닌 것 같았다.

"아녜요, 아녜요!"

이모는 기겁하신 뷔콜랭 외삼촌을 안심시키려고 큰소리로 말했다. 보티에 목사도 집게손가락으로 하늘을 가리키며 벌써부터 외삼촌을 위로하고 있었다.

"아니야, 아무렇지도 않을 거야. 흥분한 탓이야. 그저 신경이 좀 발작한 것뿐이지. 테시에르 씨, 날 좀 거들어 줘요. 튼튼한 분이시니까요. 내 방으로 이 애를 올려 갑시다. 내 침대에다…… 내 침대에다……. 내 침대에다……."

그리고는 이모가 자기의 맏아들 쪽으로 몸을 굽히고 귀에다 무슨 말인가를 하자, 의사를 부르러 가는 듯 그는 얼른 자리를 떠났다.

이모와 그 청혼자는 그들의 팔에 반쯤 몸을 젖히고 안겨 있는 줄리에트의 어깨 밑으로 손을 넣어 받치고 있었다. 알리사는 제 동생의 발을 들어올리고 다정하게 껴안았다. 아벨은 뒤로 떨어질 듯한 머리를 받쳐 주고 있었고, ─ 그녀의 흩어진 머리카락을 쓸어 모으며 마구 입을 맞추고 있는 꾸부정한 그의 모습을 나는 보았다.

방문 앞에서 나는 멈추어 섰다. 줄리에트는 침대에 뉘어졌다. 알리사가 테시에르 씨와 아벨에게 몇 마디 말을 했지만, 나에겐 전혀 들리지 않았다. 그녀는 두 사람을 문간까지 따라 나와서는 플랑티에 이모와 단 둘이서 남아 있고 싶으니 동생이 안정되도록 돌아가 달라고 부탁했다.

아벨이 나의 팔을 붙잡고 밖으로 끌어내, 우리는 어둠 속을 목표도, 용기도, 아무런 생각도 없이 오랫동안 걸었다.

5

알리사에 대한 사랑이 아닌 어떤 것에서도 나는 내 삶의 이유를 발견하지 못했으며, 나는 그것에 매달렸고, 그녀로부터 비롯되는 것이 아니면 아무것도 기대하지 않았고, 또 이제는 기대하고 싶지도 않았다.

그 다음날 그녀를 보러 가려고 할 때에 이모가 나를 붙잡더니, 방금 받은 편지를 내밀었다.

……줄리에트의 극심한 흥분은 의사가 처방해 준 물약으로 겨우 아침녘이 되어서야 가라앉았어요. 당분간은 제롬이 이곳에 오지 않았으면 하고 바래요. 줄리에트가 그의 발소리나 목소리를 알아들을 텐데, 줄리에트에게는 지금 절대 안정이 필요하거든요.

제가 두려워하는 것은 줄리에트의 상태가 저를 여기다 붙들어 놓지 않을까 하는 것입니다. 만일 제롬이 떠나기 전까지 그를 만나지 못하게 되면, 사랑하는 고모, 제가 그에게 편지 쓰겠다고 전해 주세요…….

이 금지령은 오직 나를 목표로 하는 것이었다. 이모에게나 또 다른 누구에게나 뷔콜랭 댁의 초인종을 누르는 것은 자유였다. 더구나 이날 아침에도 이모는 거기에 갈 셈이었다. 내 발소리, 목소리라고? 이 얼마나 형편없는 핑계인가, 아무튼 상관없어.
"좋습니다. 저는 가지 않겠어요."
당장 알리사를 만나볼 수 없는 것은 내게 몹시 괴로운 일이었다.
하지만 나는 그녀를 만나는 것이 두렵기도 했다. 제 동생의 병을 내 탓으로 여기고 있지나 않은지 나는 두려웠던 것이다. 그래서 난 화가 난 그녀를 만나기보다는 차라리 만나지 않는 편이 견디기가 더 쉬울 것 같았다. 하지만 아벨은 다시 만나보고 싶었다. 그의 문전에서 하녀가 내게 쪽지를 하나 건네주었다.

네가 걱정하지 않도록, 몇 마디를 남겨 놓는다. 르아브르에 머문다는 것, 이토록 줄리에트 가까이에 있다는 것이 내게는 견딜 수 없었다. 지난 밤에 나는 너와 헤어진 후, 곧장 사잠프톤 행의 배표를 끊었어. 런던의 S집에서 남은 방학을 보낼 생각이야. 학교에서 다시 만나자.

인간의 모든 도움은 일시에 나를 저버렸다. 이제는 고통스러움밖에는 남지 않은 이 체류를 더 이상 끌지 않고서 나는 개학도 되기 전에 파리로 돌아와 버렸다. 내가 눈길을 돌린 곳은 '모든 진실한 위로와 모든 은총,

그리고 모든 완전한 은혜가 비롯하는' 하나님께로 였다. 나는 내 고통을 그분에게 바쳤다. 알리사 역시 하나님에게서 안식처를 구하고 있으리라고 생각했고, 그녀가 기도하고 있으리라고 생각하니 한결 용기가 나 기도를 드릴 수 있었다. 알리사의 편지와 내가 그녀에게 쓰는 편지들 외에는 별다른 사건도 없이 명상과 공부로써 긴 시일이 지나갔다. 그녀의 모든 편지를 나는 간직하여 두었다. 나의 추억은 여기서부터 희미해지기에 이 편지들을 기준으로 더듬어갈 생각이다.

이모를 통하여 — 처음엔 이모만을 통하여 — 나는 르아브르의 소식을 들었는데, 줄리에트의 힘에 겨운 병세가 처음 며칠 동안 얼마나 걱정을 끼쳤는지 알게 되었다. 내가 떠나고 열이틀 만에야 비로소 나는 알리사로부터 다음과 같은 편지를 받았다.

나의 그리운 제롬, 내가 좀더 일찍 편지를 쓰지 못한 걸 용서해 줘. 우리 가엾은 줄리에트의 병세가 나에게 그럴만한 시간을 주지 않았어. 고모에게 우리의 소식을 전해 주십사고 당부해 두었는데, 그렇게 해 주셨겠지. 그래서 알고 있겠지만, 사흘 전부터 줄리에트가 점차 나아지고 있어. 난 벌써부터 하나님께 감사드리고 있지만 그래도 아직은 마음을 놓을 수가 없어.

지금까지 로베르에 관해서는 별로 이야기한 바 없지만, 그는 나보다 며칠 후 파리로 돌아오면서 제 누이들의 소식을 나에게 가져다 주었다. 오로지 그의 누이들 때문에 마음 내키는 이상으로 나는 그를 보살펴 주었다. 그가 다니던 농업학교가 쉴 때마다 난 그를 보살폈고, 그의 기분을 좋게 해 주려고 궁리를 하곤 했다.

내가 감히 알리사나 이모에게 여쭈어 볼 수 없었던 일들을 안 것은 그 애를 통해서였다. 에두아르 테시에르는 줄리에트의 소식을 알려고 아주 끈질기게 찾아왔으나, 로베르가 르아브르를 떠날 때까지 그녀는 아직도 그를 만나주지 않았다는 것. 또한 내가 떠나온 이래로 줄리에트가 자기의 언니 앞에서 고집 센 침묵을 지키고 있었다는 것도 알게 되었다.

그리고 얼마 후에 이모를 통하여, 나의 예감대로 알리사가 당장 취소되기를 바랬던 줄리에트의 약혼이 줄리에트 자신이 될 수 있는 대로 속히 공표 되기를 청하였다는 걸 알았다. 충고도, 명령도, 애원도 소용없게 된 이 결심은 줄리에트의 이마에 아로 새겨졌고, 그녀의 눈을 가렸으며, 그녀를 침묵 속으로 가두어 버린 것이었다.

세월이 흘러갔다. 나는 알리사로부터 ─ 하기는 나도 그녀에게 무엇을 써야 할지를 몰랐지만 ─ 너무나도 실망에 찬 편지들밖에는 받아보지 못했다. 자욱한 겨울 안개가 나를 둘러싸고 있었다. 내 학업도, 그리고 나의 사랑과 내 신앙의 모든 열정도, 아아! 내 가슴으로부터 어둠과 추위를 거두어 주지는 못했다. 시간은 흘러갔다.

그리고, 갑자기 찾아든 봄날의 어느 아침, 그때 마침 르아브르에 없었던 이모에게 온 알리사의 편지를 이모가 내게 전해 주었다. 그 편지에서 난 이 이야기를 자세히 밝혀 줄 수 있는 부분을 다시 옮겨 적으려 한다.

……순종 잘하는 저를 칭찬하여 주세요. 고모가 시키는 대로 테시에르 씨를 오시도록 권했어요. 저는 그와 함께 오랫동안 이야기했지요. 나무랄 데 없는 사람이라는 것도 알게 되었고, 솔직히 말씀드리자면, 제가 처음에 두려워했던 것만큼 이 결혼이 불행하지는 않으리라는 것도 점차 믿게 되었습니다. 확실히 줄리에트는 그이를 사랑하고 있지는 않지만, 날이 갈수록 그분은 사랑을 받을만한 가치가 있는 사람이라고 생각되더군요. 그분은 이번 일의 상황에 대해서도 뚜렷한 관찰을 가지고 이야기하는 데다 줄리에트의 성격에 대해서도 잘못 보고 있지는 않은 것 같아요. 그렇지만 그 사람은 줄리에트에 대한 자기의 사랑의 능력에 대해서는 대단한 자신을 가지고 있어요! 자기의 꾸준한 마음이 이겨내지 못할 것은 아무것도 없다고 확신하고 있거든요. 그는 줄리에트에게 아주 홀랑 반한 거지요.

정말, 제롬이 그렇게 로베르를 보살펴 준다는 것을 알고 저는 말할 수 없이 고마워하고 있어요. 제 생각으로는 제롬이 의무감에서 그렇게 하는 것 같아요. 왜냐하면 로베르의 성격과 그의 성격은 별로 닮지 않았거든요. 그리고 어쩌면 저를 기쁘게 해주기 위하여 그럴지도 모르죠. 그렇지만 필경 제롬도 이미 받아들일 의무가 벅차면 벅찰수록 의무는 영혼을 가꾸어 주며 향상시킨다는 것을 알아차렸을 거예요. 아주 고귀한 생각이죠! 고모의 큰 조카딸이 이런 생각을 한다고 너무 웃지 마세요. 왜냐하면 줄리에트의 결혼을 잘한 일이라 생각하려고 애쓰는 저를 뒷받침해주고 도와주는 것이 바로 이러한 생각이니까요.

내 정다우신 고모, 고모의 애정이 넘친 염려가 저에게 얼마나 고마운 것인지 몰라요. 하지만, 제가 불행하다고는 행여 생각지 마세요. '오히려 그 반대'라고 저는 말할 수 있을 지경입니다. 왜냐하면요, 줄리에트를 휩쓴 시련이 제 마음속에서 그 반동을 일으켰으니까요. 별달리 이해하지도 못한 채 되풀이해 읽던 성경의 말씀이 갑자기 명백하게 이해되더군요. '사람을 믿는 자는 불행하느니라…….'

이 말씀을 제가 성경책에서 찾아내기 훨씬 전에, 제롬은 열두 살도 채 못 되고 제가 열네 살이 되던 해에, 제롬이 저에게 보냈던 조그마한 크리스마스 카드에서 읽은 적이 있어요. 카드에는 그 무렵의 저희들에게 무척 아름답게 보였던 꽃다발 곁에 코르네이유의 주석(註釋)인 이런 시구가 있었어요.

세상의 그 무슨 전승(戰勝)의 매력이
오늘 나를 주께로 이끄는가!
사람들 위에 자기의 기둥을
세우는 자는 불행하도다!

솔직히 말씀드리자면, 저는 이 주석보다는 「예레미야」의 그 소박한 구절을 훨씬 더 좋아한답니다. 필경 제롬도 그 당시에는 이 구절에 별다른 주의를 하지 않은 채 카드를 고른 것이겠죠. 그렇지만 그의 편지로 판단하건대 요즘은 그의 경향이 저의 것과 꽤 비슷해요. 그래서 저는 날마다 하나님께 우리 두 사람을 동시에 이끌어 주신 것을 감사드리고 있어요.

고모와의 이야기를 생각하고서 저는 제롬에게 그전처럼 긴 편지를 쓰지 않기로 했어요. 제롬의 공부를 방해하지 않으려고요. 제롬에 대한 이야기를 함으로써 제가 직접 편지 못하는 걸 보상받으려 한다고 생각하실 것 같군요. 자꾸만 쓰게 될까봐 이만 줄여야겠어요. 이번만은 너무 꾸중하지 말아 주세요.

이 편지를 읽고 얼마나 많은 생각을 했는지 모른다. 나는 이모의 사려 깊지 못한 참견 ― 알리사가 넌지시 암시한 이모와의 그 이야기, 나에게 침묵을 가져온 그 이야기란 무엇이었을까? ― 과 나에게 이 편지를 전해 주도록 이모를 충동한 그 어설픈 친절을 저주하였다. 벌써부터 내가 알 리사의 침묵을 견디기 힘들어 하는 바에야, 아아! 그녀가 내게 하지 않 은 말을, 다른 이에게는 편지로 써 보낸다는 사실을 차라리 모르고 있는 편이 몇 천 배나 더 좋았을 것이다. 생각이 여기에 이르자, 모든 것이 나 를 짜증스럽게 했다. 우리들 사이의 그 사소한 비밀들을 이렇게도 쉽사 리 이모에게 이야기하다니! 게다가 그 천연스러운 어조, 그 침착함, 그 정색한 태도, 그 시원시원한 글…….

"그렇지 않대도 그래, 이 불쌍한 친구야! 이 편지를 알리사가 너한테 부치지 않았다는 사실 외에는 너를 짜증나게 하는 것은 아무것도 없지 않아?"라고 아벨이 말하였다. 그는 내 일상 생활의 단짝이었고 성격이 다름에도 불구하고, 아니, 오히려 그 차이 때문에 나도 아벨에게만은 여 러 가지 이야기를 할 수 있었으며, 내가 외로울 때면 약한 마음, 울고 싶 도록 동정을 구하는 마음, 스스로에 대한 불신임, 그리고 내가 난감한 처지에서도 그의 충고에 대하여 지니고 있는 신뢰의 마음이 언제나 나 를 그에게로 기울어지게 했다.

"이 편지를 연구해 보자구나."

그는 자기 책상 위에 그 편지를 펼치며 말했다.

이미 사흘 밤을 분한 마음으로 보냈으며, 나는 그 분함을 나흘이나 간직하고 있었다. 그래서 나는 아벨이 들려주는 이런 말을 자연스럽게 받아들이게 되었다.

"줄리에트―테시에르, 이 한 쌍을 사랑의 불길 속으로 내던져 버리자구나, 응? 너나 나나 그 불길이 어떤 것인 줄은 알고 있잖아? 제기랄! 테시에르란 자는, 그 불꽃 속에서 타죽어야만 하는 나비처럼 보이는구나."

"그런 이야기는 이제 그만두고, 나머지 문제로 돌아가자."

그의 농담에 역겨워진 나는 그에게 말했다.

"나머지 문제?" 하고 그가 답했다.

"나머지 문제야 온통 너에 관한 것이지. 그러니 한탄이나 해 보렴! 네 생각이 미치지않는 것이라곤 한 줄도, 한마디도 없잖아. 편지의 사연 하나하나가 온통 너한테 부쳐진 것이라고 말할 수 있을 정도가 아니냔 말이다. 펠리시 아주머니는 네게 이 편지를 보냄으로써, 진짜 수취인에게 돌아가도록 했을 뿐이야. 알리사가 부득이한 경우에 다다른 듯이 편지를 이 친절한 좋은 아주머니께 부칠 수밖에 없었던 것은 바로 네 탓이야. 도대체 네 이모에게 코르네유의 시 구절이 무슨 소용이 있겠니! 말이 난 김에 하지만 이건 라신의 시야. 알리사와 함께 이야기하고 있는 사람은 너란 말이야. 알리사는 이런 것을 모두 너에게 말하고 있는 거야. 앞으로 수주일 내에 알리사가 네게 이만큼 길고 거리낌 없고, 상냥스런 편지를 쓰도록 하지 못한다면 말이야, 너는 바보야."

"그녀가 그러려고 하지 않는걸."

"알리사가 그렇게 하느냐 않느냐는 오직 네게 달려 있어! 내 충고를 알아듣겠니? 이제부터는 너희들 사이의 사랑이나 결혼에 대해서는 당분간 한마디도 비치지 마. 동생의 그 일이 있는 후로 알리사가 원망을 품고 있는 것이 바로 그 일이라는 것을 알지 못했니? 그러니 이제부터는 네가 그녀와 남매 간이라는 생각으로 노력해 봐. 그리고 그 바보를 돌봐 줄 수 있는 인내를 가진 이상 꾸준히 로베르에 대해서만 써보내란 말이야. 알리사의 머리만 즐겁게 해 주기를 계속해 보렴. 나머지 일은 모두 잘 될 거야. 아아, 그녀에게 편지를 써야 할 사람이 바로 나라면……."

"너는 그녀를 사랑할 자격이 없는 걸."

그러면서도 나는 아벨의 충고를 따랐다. 그러자 과연 알리사의 편지는 생기를 띠기 시작했다. 그러나 나는 줄리에트의 행복까지는 아니더라도 그녀의 입장이 확고해지기 전에는 알리사 편에서의 진정한 기쁨이나 주저 없이 내맡기는 신뢰 같은 것을 기대할 수 없었다.

알리사가 제 동생에 대해 내게 보내 주는 소식은 차츰 좋아졌다. 줄리에트의 결혼은 7월에 거행되기로 되었다는 것이었다. 알리사가 내게 편지하기로는 그날쯤에는 아벨이나 나나 학업에 잔뜩 묶여 있으리라는 걸 자기는 잘 알고 있다는 것이었다. ……그녀는 우리가 식에 나타나지 않는 것이 더 나을 것이라고 판단하고 있다는 것을 그것으로 난 알았다. 그래서 우리는 무슨 시험을 핑계 삼아 축하 편지를 보내는 것으로 인사를 차렸다.

결혼식 후, 약 두주일쯤 되어 알리사가 내게 보낸 편지를 받았다.

그리운 제롬,

어제 우연히 네가 준 그 아름다운 라신의 시집을 펼치다가, 벌써 근 십 년 간이나 내 성경 속에 간직하고 있었던 너의 그 낡고 자그마한 크리스마스 카드에 적힌 네 줄의 시구를 발견하고 얼마나 놀랐는지 생각해 보렴.

세상의 그 무슨 전승(戰勝)의 매력이
오늘 나를 주께로 이끄는가!
사람들 위에 자기의 기둥을
세우는 자는 불행하도다!

나는 이것을 코르네유의 주석(註釋)에서 뽑은 것인 줄로 알았었고, 또 사실은 뭐 신통하게 여기지도 않았었어. 그런데 제4「영송가(靈頌歌)」를 읽어나가다가 네게 적어 주지 않을 수 없을 만큼 아름다운 구절들을 만난 거야. 그 책의 여백에다 네가 함부로 적어 놓은 머리 글자들로 미루어보면, 아무래도 네가 이미 알고 있는 모양이지만 ─ 나는 아닌게아니라, 내가 좋아하고 그녀에게도 알려 주고 싶은 구절이 있을 때마다 내 책이나 알리사의 책에다 그녀의 이름 첫글자를 함부로 적어 두는 버릇이 있었다. ─ 하지만 상관없어! 내가 옮겨 적는 것은 내 즐거움을 위해서니까. 내가 찾아냈다고 생각하던 것이 사실은 네가 가르쳐 준 것이라는 걸 알게 되자 처음에는 속이 좀 상했지만, 그러한 몹쓸 생각은 곧 너도 나처럼 이것을 좋아했었구나, 하고 생각하는 나의 기쁨 앞에서 사라져 버렸어. 여기에 그걸 다시 옮겨 쓰노라니, 나는 이 구절들을 너와 함께 읽는 듯해.

불멸하는 지혜의 음성이

울리며 우리를 가르치노라.

그 음성 말하기를,

"인간의 아이들이여,

너희들의 심려(心慮)로 얻은 열매는 무엇인가?

그 무슨 잘못으로, 허탕한 영혼들아,

너희들의 현관의 가장 맑은 피로써

그래도 번번이 너희들은 사(買)는가?

너희를 먹이는 빵이 아니고,

전보다 한결 더 굶주리게 하는

한 줄기 그림자를.

내가 너희에게 권하는 이 빵은

천사들의 양식으로 쓰이는 것이니,

주께서 손수 밀알의 정수(精髓)로써

만드시는 양식이다.

이토록 향기로운 이 빵이야말로

너희가 따르는 세상의 무리는

결코 식탁에 올리지 않는다.

나를 따르는 자에게 주리라.

가까이 오라. 살고자 하는가?

들어라, 먹어라, 그리고 살아라.

......

행복스레 갇혀 있는 영혼은

주의 굴레 안에서 평안을 구하며,

영원토록 마를 리 없는

싱싱한 샘물로 목을 축인다.

누구나 찾아와 마실 수 있는 물,

이 물은 온갖 중생을 부른다.

그러나 우리들은 미친 듯이 날뛰며

진흙구렁, 더러운 샘물이거나

언제나 생명의 물, 달아나 버리는

거기에 가득찬 괸 물을 찾는다."

얼마나 아름답니! 제롬, 얼마나 아름다워! 정말 너도 나처럼 이 시를 아름답다고 생각하니? 내가 가지고 있는 판(版)의 짤막한 주를 보면, 도말르 양이 부르는 이 송가를 들으며 맹뜨농 부인이 감격해서, '눈물을 흘리고는' 그 곡 일부를 되풀이 시켰다는구나. 이젠 나도 이 송가를 암송하는데, 아무리 읊어도 싫증이 나지 않아. 그저 하나 섭섭한 일은 네가 이 송가를 읽는 걸 내가 들어 보지 못했다는 것이야.

신혼 여행중인 부부에게서 오는 소식은 계속해 아주 좋은 소식뿐이야. 무더운 더위에도 불구하고 바욘와 비아리츠 등지에서 줄리에트가 얼마나 즐겼는지는 너도 이미 알고 있지? 그들은 퐁티라비에 들른 후 뷔르고스에 머무르고, 피레네 산맥을 두 차례나 넘었대……. 지금 몽세라에서 줄리에트가 감격에 찬 편지를 보내왔어. 그들은 바르셀로나에서 열흘 정도 더 머물러 있다가 에두아르의 포도 수확 일을 준비하기 위해 9월 이전에는 님므로 돌아올 생각이래.

일주일 전부터 아버지와 난 퐁그즈마르에 와 있는데, 미스 애슈부르통도 내일이면 오실 것이고, 로베르도 나흘 후에는 올거야. 불쌍한 그애가 시험에 실패했다는 것은 너도 알고 있겠지? 어려웠다기보다도 시험관이 워낙 야릇한 문제들을 내는 바람에 그애가 그만 당황했던 모양이야. 그애가 열심히 공부한다고 네가 편지한 것도 있고 해서, 나는 로베르가 준비를 소홀히 했으리라고는 생각할 수 없어. 다만 그 시험관이 학생들을 그렇게 당황하게 만드는 데 재미를 느끼는 사람 같이 보여.

너의 합격에 대해서는 제롬, 그것이 내게는 너무도 자연스러운 일이어서 축하한다는 말도 할 수 없을 지경이야. 나는 이토록 너를 믿고 있는 거야, 제롬! 너에 대한 생각만 하면 내 가슴은 희망으로 부풀어 오른단다. 전에 이야기하던 그 연구를 이제부터라도 시작할 수 있겠니?

……이곳 정원은 무엇 하나 변하지 않았어. 그런데도 집안은 텅 빈 것만 같아. 왜 올해는 너보고 오지 말라고 내가 부탁했는지를 너는 이해할 수 있을 거야. 그렇잖아? 내 생각으로는 그렇게 하는 것이 더 나을 것 같거든. 속으로 매일같이 이 말을 되풀이하고 있어. 왜냐하면 나로서는 이렇게 오랫동안 너를 못보고 지내는 것이 괴롭기 때문이야……. 이따금 나도 모르게 너를 찾을 때가 있어. 그럴 때는 책읽기를 멈추고는 문득 고개를 돌리곤 해……. 꼭 네가 거기 있는 듯해서!

다시 편지를 이어 쓰는 중이고, 지금은 밤이야. 모두 잠들어 있어. 열린 창 앞에서 나는 네게 편지를 쓰느라고 늦게까지 앉아 있어. 정원은 온통 향기를 가득 담고 대기는 촉촉해. 기억나니? 우리가 어렸을 때 아주 아름다운 것을 보거나 들을 때면 우리는 생각했지. "고맙습니다, 하나님, 이런 것을 창조해 주셔서"라고. 이 밤 나는 내 온 영혼으로 생각한다. "고맙습니다. 하나님, 이렇게도 아름다운 밤을 만들어 주셔서!" 그리고는 갑자기 네가 내 곁에 있어 주기를 바랐고, 네가 내 곁에 있는 걸 느꼈어. 너도 아마 그걸 느낄 수 있을 만큼이나 간절하게 말이야. 그래, 편지에서 너는 곧잘, '올바르게 태어난 영혼'에겐 감탄이 감사와 혼동된다고 말했었지……. 아직도 네게 더 쓰고 싶은 게 얼마나 많은지! 난 줄리에트가 내게 말해 준 그 빛나는 나라를 생각하고 있어. 또한 더 넓고, 더 빛나고, 더 황량한 다른 나라들도 생각해 본다. 어느 날 어떻게 일지는 모르지만 둘이서 함께 어떤 알지 못할 신비스러운 큰 나라를 우리가 보게 되리라는 '이상한' 신념이 나의 마음속에 자리잡고 있단다…….

얼마나 큰 기쁨의 격정으로 그리고 또 얼마나 사랑에 흐느끼면서 내가 이 편지를 읽었는지는 아마 쉽사리 상상할 수 있을 것이다. 다른 편지들도 뒤이어 보내져 왔다. 물론 알리사는 내가 퐁그즈마르에 가지 않은 것을 고마워했고 올해도 그녀를 만나러 오지 말아달라고 간청했다. 그러면서도 그녀는 나의 부재를 아쉬워 했고, 지금은 내가 곁에 있어 주기를 바라고 있는 것이다. 한 장 한 장의 편지마다 나를 부르는 그녀의 한결같은 외침이 울리고 있었다. 이를 참아낼 힘을 나는 어디서 얻었을까? 필경 아벨의 충고에서 얻었을 것이고, 갑자기 나의 기쁨을 허물어뜨리지나 않을까 하는 두려움에서일 것이고, 내 마음의 이끌림에 대한 자연적인 긴장에서였을 것이다. 뒤이어 온 편지들 가운데서 나는 이 이야기를 알려 줄 수 있는 것을 모두 적어 보겠다.

그리운 제롬,

네 편지를 읽으면서 나는 기쁨으로 녹아드는 것 같아. 오르비에토에서 부친 네 편지에 답장을 하려는 참인데, 패루즈와 아시지에서 부친 편지가 동시에 도착했어. 내 마음은 나그네가 되었고 내 몸만이 여기 있는 것 같아. 정말 나는 너와 함께 움부리아의 하얀 길을 걷고 있어. 아침이면 너와 함께 길을 떠나고, 전혀 새로운 눈으로 동터오는 것을 보고……. 정말로 코르톤의 언덕에서 나를 불렀니? 그래, 나도 들었단다……. 아시지 위의 그 산에서는 지독히도 갈증이 났었지. 그렇지만 프란체스코 회의 그 수도사가 주던 한 잔의 물이 얼마나 맛이 좋았던지!

오, 제롬. 나는 너를 통해서 모든 것을 보고 있다. 성(聖) 프란체스코에 대해 써보내 준 이야기는 얼마나 좋았는지 몰라! 정말이야. 찾아야 할 것은 결코 마음의 해방이 아니라, 바로 '감격' 이야. 마음의 해방이란 것에는 언제나 그 가증스러운 오만이 따르거든. 야망이란 반항하기 위해서가 아니라, 봉사하기 위해서 사용되어야 할거야.

님프에서 오는 소식들은 너무도 좋은 것들이어서 마치 하나님이 내가 기쁨에 빠져버려도 좋다고 허락하시는 것처럼 여겨질 정도야. 올 여름 유일한 근심거리는 가엾은 우리 아버지의 모습이야. 내 정성에도 불구하고 아버지는 늘 쓸쓸해 하서. 아니, 내가 아버지 혼자 계시게 내버려 두기만 하면 곧 우울속에 빠져드는 바람에 마음을 돌려 드리기가 점점 어려워. 우리 주위에서 들려주는 자연의 온갖 속삭임도 아버지에게는 낯선 것이 되어 이제는 거기에 귀를 기울이시려고 하지도 않아. 미스 애슈부르통은 안녕하시고, 두 분께 네 편지를 읽어 드리고 있어. 편지 하나면 사흘쯤 애깃거리가 되지. 그러다 보면 다음 편지가 도착하고…….

……로베르는 그저께 이곳을 떠났어. 나머지 방학을 R이라는 제 친구 집에서 보내겠다는데, R의 아버지는 모범 농장을 경영하고 있대. 확실히 여기서 우리가 영위하는 생활은 아무래도 그애에게는 별로 즐거운 것이 못 되나봐. 떠나겠다고 말할 때도 나는 그애의 계획을 찬성해 줄 수밖에 없었어.

……할말이 무척 많아.

나는 끊임없이 이야기하고 싶어. 때때로 말이나 뚜렷한 생각이 더 이상 떠오르지 않을 때가 있는데 ─ 오늘 저녁도 나는 꿈꾸듯이 글을 쓰고 있지만 ─ 단지 어떤 무한한 부(富)를 주고받고 있는 듯한, 거의 숨막히는 느낌만을 지닌 채 말이야.

어떻게 우리가 그토록 몇 달씩이나 서로 아무 말 않고 지낼 수 있었을까? 아마 우리는 동면(冬眠)을 하고 있었던 모양이지?
오! 침묵의 그 무서운 겨울이 영원히 끝나 버리기를!
너를 다시 찾고부터는 생활도, 생각도, 우리의 영혼도 모두가 한없이 아름답고 사랑스러우며 풍족하게 여겨진단다.

9월 12일

픽사에서 보내준 네 편지는 잘 받았어. 우리가 있는 이곳 또한 햇빛이 찬란한 날씨야. 나에게는 노르망디가 이처럼 아름다워 보인 적이 여태껏 없었어. 그저께는 혼자서 아무 데나 발길 닿는 대로 벌판을 가로질러 오랫동안 거닐었어. 태양과 기쁨에 흠뻑 취한 탓인지 돌아왔을 때는 피곤했다기보다 오히려 흥분되어 있었어. 활활 타는 태양아래 쌓여 있던 그 노적더미들이 얼마나 아름다웠는지 몰라! 구태여 내가 이탈리아에 있다고 상상하지 않더라도 온갖 것이 놀랍도록 아름답게 보였어.

그래, 네가 말하듯 자연의 '은은한 찬가' 속에서 내가 듣고 이해한 것은 환희에로의 권유였지. 그 권유를 나는 새소리 하나하나에서 듣고, 꽃송이 하나하나의 향기 속에서도 밑았어. 지금 나는 유일한 기도의 형식으로 예찬이라는 것밖에 없다는 사실을 이해할 수 있게 되었고, 성 프란체스코와 함께 '오직', '주여! 주여!' 하며 '형용할 수 없는' 사랑에 가득 찬 마음으로 되풀이하고 있어.

그렇다고 내가 무식한 여인이 되지나 않나 하고 걱정하지는 말아! 요즈음은 책을 많이 읽었어. 며칠 동안 비가 온 덕택으로 나는 나의 예찬을 책 속에 접어 넣다시피 했어……. 「말브랑슈」를 다 읽고 나서는 곧 라이프니츠의 「끌라끄에게의 편지」를 읽기 시작했어. 그리고는 좀 휴식할 생각으로 셸리의 「첸치」를 별로 즐거움도 없이 읽었어. 「미모사」도 읽었고, 네가 화를 낼지도 모르지만 지난해 여름에 우리가 함께 읽었던 키츠의 시가(詩歌) 네 편과 바꾼다면 셸리와 바이런의 거의 모두를 내주어 버릴 수 있을 것 같아. 마찬가지로 보들레르의 몇몇 소네트를 위해서는 위고 전부를 내주어 버릴 수도 있을 거야. '위대한 시인' 이란 말은 아무런 의미도 없어. '순수한' 시인이라는 것, 그것이 중요한 것이지. 오, 제롬! 나에게 이러한 모든 것을 알게 해 주고, 이해하고 사랑하도록 해줘서 고마와.

······아니야, 며칠 동안 만나는 즐거움을 위해 네 여행을 단축하지는 말아. 신중하게 생각해 보고 하는 말이지만, 아직은 서로 만나지 않는 편이 더 좋을 거야. 나를 믿어 줘. 네가 내 곁에 있다 하더라도 나는 이 이상 너를 생각하지는 못할 거야. 너를 괴롭히고 싶지는 않지만, 나는 지금, 네가 곁에 있어 주기를 더 이상 바라지 않게 되었어. 솔직히 고백하면 네가 오늘 저녁에 온다는 것을 내가 알게 된다면 나는 달아나 버릴 거야. 오! 제발 이러한 감정을 설명해 달라고 요구하지는 말아 줘, 내가 다만 알고 있는 것은 끊임없이 너를 생각하고 있고 ― 네 행복을 위해서는 이것만으로도 만족해야 돼. ― 나는 이대로가 행복하다는 거야······.

이 마지막 편지를 받은 지 얼마 되지 않아서, 그리고 내가 이탈리아에서 귀국한 후 곧 나는 징집되어 낭시로 이송됐다. 낭시에는 아는 사람이 하나도 없었지만 혼자 있게 되는 것이 기뻤다. 왜냐하면 이렇게 혼자 있음으로써 그녀의 편지만이 나의 유일한 안식처이며, 또 그녀에 대한 추억이 롱사르가 말했듯이 '나의 유일한 원동력' 이라는 사실이, 애인이라는 나의 자존심에게나 알리사에게 더욱 분명히 나타났기 때문이다.

사실 나는 우리들에게 맡겨진 상당히 힘겨운 규율도 무척 가벼운 마음으로 견디어 냈다. 난 모든 일에 대해서 마음을 단단히 가졌고, 알리사에게 쓰는 편지에서도 함께 있지 못함이 아쉬울 뿐이라는 말만 썼다.

그래서 우리는 이렇게 헤어져 있는 오랜 기간에도 우리들의 용기에 어울리는 시편을 찾아내기까지도 하였던 것이다. ‘결코 하소연하지 않는 너’라거나, ‘마음이 약해진다는 것을 상상해 볼 수도 없는 너’라고 알리사는 써보냈다. 그녀의 말에 대한 증거를 보이기 위해서라면 무엇인들 견디어 내지 못하였으랴?

우리가 마지막으로 만난 후 거의 일년이 흘러갔다. 알리사는 그러한 것은 생각해 보지도 않는 것 같았고, 단지 이제부터 자기의 기다림을 시작하는 것 같았다. 나는 그 점에 대해 그녀를 비난하였다.

‘이탈리아에서 난 너와 함께 있지 않았니?’라고 그녀는 회답해왔다.

제롬,

나는 단 하루도 너를 떠난 일이 없는데, 그것도 모르다니! 그러니까 이제 잠시 내가 너를 따라가지 못하는 걸 이해해 줘. 그리고 이것이, 다만 이것만이 내가 ‘떨어져 있다’고 부르는 것이야. 정말이지 나는 군인이 된 너를 상상해 보려고 무척 애를 써……. 이건 정말이야. 하지만 잘 안 되는구나. 기껏해야 저녁 무렵, 걍베타 거리의 그 조그만 방에서 글을 쓰고 있거나 책을 읽고 있는 너를 생각해내는 것이 고작이야. 그런데 이것마저도 뚜렷하지를 않아. 정말 나는 일년 후, 퐁그즈마르나 르아브르에서 너를 만날 것 같아.

일년! 이미 지나 버린 날들을 세는 건 아니야. 나의 희망은 다가오고 있는 미래의 한 점에 못 박고 있어. 천천히, 천천히 다가오고 있는 기억을 되살려 보렴. 정원의 깊숙한 안 쪽에 있던 그 낮은 울타리, 그 밑에서 국화가 바람을

피해 피어 있고, 그 위를 우리는 위험을 무릅쓰고 걸어다니곤 했었지. 줄리
에트와 너는 천국으로 곧장 올라가는 회교도처럼 겁도 없이 그 위를 성큼성
큼 걸어 다녔잖아. 그런데 나는 몇 걸음만 떼어놓아도 현기증이 나곤 했는
데 그때마다 네가 밑에서 이렇게 소리치곤 했어.

"그러니 발 밑을 보지 말란 말이야! ……앞을 봐! 쉬지 말고 그대로 나가! 목
표만 보고!"

그리고는 마침내 ― 소리치는 것보다는 그 편이 더 나았지. ― 너는 담 저쪽
끝에 뛰어 올라가서는 나를 기다려 주었지. 그러면 나는 더 이상 떨리지 않
았어. 더 이상 현기증도 나지 않았고. 나는 너 이외는 아무것도 보지 않았고,
팔을 벌리고 있는 네게로 뛰어가곤 했었지…….

너에 대한 믿음이 없었다면, 제롬, 나는 어떻게 되었을까? 나는 네가 강하다
는 것을 늘 느껴야 해. 난 네게 의지해야만 해. 약해지지 말아 줘.

일종의 도전으로, 우리의 기다림을 짐짓 연장하기라도 하려는 것처럼
― 불완전한 재회에 대한 두려움도 있고 해서, 설날이 다가오자 며칠 간
의 휴가를 나는 파리의 미스 애슈부르통 곁에서 보내기로 우리는 합의
했다.

앞에서도 말했지만, 나는 이들 편지의 전부를 옮겨 적고 있는 것도 아
니다. 2월 중순경에 나는 다음과 같은 편지를 받았다.

그저께 뤼 드 파리를 지나가 M서점 진열대에서, 네가 알려 주기는 했지만,
그러나 그 '사실'에 대해서는 믿어지지 않던 아벨의 책이 아주 거리낌없이

진열되어 있는 것을 보고 얼마나 놀랐는지 몰라. 나는 참을 수가 없었어. 그 래서 들어갔지. 하지만 그 제목이 너무도 야릇해 보여서 점원에게 말하기가 망설여졌어. 다른 책을 아무거나 하나 사들고 가게를 나와 버릴까 하는 생 각도 잠시 했었어. 요행히 『지나친 친밀』의 조그만 책 더미가 카운터 옆에 서 손님을 기다리고 있기에, 한 권 뽑아 쥐고는 입을 열 필요도 없이 백 수우 를 던졌어. 아벨이 자기 책을 보내 주지 않은 데 정말 감사하고 있어. 얼굴을 붉히지 않고는 책장을 넘길 수 없었어. 그 책 자체 때문에 그랬던 건 아니야. ― 그 책에서 나는 결국 외설스러움이라기보다는 우둔함을 한결 더 많이 발 견했어. ― 아벨이, 너의 친구인 아벨 보티에가 이 책을 썼다는 사실이 창피 했던 거야. 《르땅》지의 평론가가 그 책에서 발견했다는 그 '훌륭한 재능' 을 찾아보느라 한 장 한 장 넘겨보았지만 헛수고였어. 르아브르의 이 조그만 사회에서는 아벨이 종종 화젯거리로 등장하고 있는데, 나는 그 책의 평이 무척 좋다고 듣고 있어. 이 작가의 고칠 길 없는 경박함을 '경묘함' 이니, '우아함' 이니 하고 부르는 것도 듣고 있어. 물론 나는 신중한 태도를 지키 고 있고, 내가 읽은 것에 대해서 오직 너에게만 말할 뿐이야. 처음에는 의당 슬퍼하시던, 그 가엾은 보티에 목사님도 이제는 오히려 그 책에서 무슨 자 랑거리가 될 게 없을까 하고 생각하기 시작하셨어. 그분 주위에 있는 사람 들은 저마다 목사님이 그렇게 믿으시게끔 애를 쓰고 있거든. 어제 플랑티에 고모 댁에서 부인이 불쑥, "아주 기쁘시겠군요, 목사님. 아드님이 훌륭하게 성공을 하셨으니."라고 말씀하시니까, 목사님은 좀 당황해서 이렇게 대답 하시더라. "뭘요, 저는 아직 그렇게까지 생각하지 않는데……."라고. 그런 데 "하지만 그렇게 생각되실 걸요. 그렇게 생각 드실 거예요."라고 고모님이 말씀하시자, 물론 악의는 없었지만 그 말씀하시는 투가 워낙 용기를 북돋우는 투여서 모두 웃기 시작했지. 목사님까지도.

불르바르의 어느 극장에서 상연하려고 아벨이 준비하고 있다는 말도 들리고, 신문에서도 벌써부터 떠들어 대고 있는 듯한 「신(新) 아벨라르」가 상연되면 도대체 어떻게 될까? 가엾은 아벨! 이것이 그가 바라고 있고, 또 만족해 버리고 말 성공이라는 것일까! 어제 나는 '마음의 위안' — 토마스 아 켐피스의 작품으로 알려진 「그리스도를 본받아서」의 제3장 제목 — 에서 이런 말을 읽었어. '진실하고도 영원한 영광을 진실하게 바라는 자는 속세의 일시적 영광을 마음에 두지 않느니라. 마음속으로 이를 경멸하지 않는 자는 하늘의 영광을 진정 좋아하지 않음을 보여 주는 셈이다.' 그래서 나는 생각했지. 하나님이시여! 그 지상의 어떠한 영광과도 비길 수 없는 이 성스러운 하늘의 영광을 위하여 제롬을 저에게 선택해 주셨음을 감사하나이다, 하고 말이야.

몇 주일, 몇 달이 단조로운 근무 속에서 흘러갔다. 그러나 내 마음이 늘 추억이나 희망에만 걸려 있었기 때문인지, 나는 세월이 느리다든지 시간이 길다는 것을 별로 느끼지 못했다.

나의 외삼촌과 알리사는 6월에 님므 가까이로 줄리에트를 만나러 가게 되었다. 줄리에트는 그 무렵 해산을 기다리고 있었던 것이다. 그런데 조금 좋지 못한 소식이 그들의 출발을 서두르게 했다.

르아브르로 보낸 네 마지막 편지는 우리가 그곳을 떠난 직후에 도착했어,
— 라고 알리사가 내게 편지를 보내왔다. — 한 주일이나 지나서야 그 편지
가 이곳의 내게 전해졌다는 것을 어찌 설명할까? 한 주일 내내 난 무언지 허
전하고 떨리고 불안하고 위축된 심정이었어. 오, 나의 제롬! 난 이제 정말 네
가 있어야 참된 나일 수 있고, 또 그 이상일 수 있어.

줄리에트는 다시 건강해져 가고 있어. 우리는 그애의 해산이 오늘일까 내일
일까 하고 기다리고 있어. 뭐 그다지 큰 걱정은 없어. 그애는 오늘 아침 내가
네게 편지를 쓰고 있다는 것을 알고 있었어. 우리가 에그비브에 도착한 다
음날 그애가 묻더구나.

"제롬은 어떻게 됐어? 여전히 편지 해?"

그래서 내가 감추지 못하고 말을 하자, "이번에 언니가 편지할 때는 그에게
이렇게 말해 줘……."하고 잠시 망설이더니 아주 부드럽게 미소를 지으면
서, "내가 다 나았다고." 언제나 밝은 그애의 편지를 받아보면서도, 나는 그
애가 행복을 억지로 가장하고 있지나 않을까, 그애 자신이 그러한 기분에
휩싸이지나 않을까 하고 조금 걱정했었어. 그런데 오늘에 와서 그애가 행복
이라고 생각하고 있는 것들은 전에 그애가 곧잘 꿈꾸던 것, 그애의 행복이
달려 있을 것 같던 것들과는 너무나 거리가 멀었어. ……아! '행복' 이라고
불리는 것은 어쩌면 이렇게도 영혼과 밀접한 것일까! 그리고 외부에서 행복
을 형성하고 있는 듯한 요소들은 어쩌면 이다지도 부질없는 것일까! 벌판을
혼자 거닐면서 내가 생각한 그 많은 일들을 모두 네게 쓰지는 않겠어. 단지
그곳을 거닐며 내가 가장 놀란 것은 이제는 내가 즐거움을 느끼지 못한다는
거였어.

줄리에트가 행복한 것으로 나는 만족해야 할 터인데 어째서 나의 마음은 억제할 수 없는 우울함에 사로잡히는 것일까?

내가 느끼는, 아니 적어도 내가 바라보는 이 고장의 아름다움조차 오히려 나의 설명할 길 없는 슬픔을 더해 줄 따름이야. 네가 이탈리아에서 내게 편지하던 그 무렵, 나는 너를 통하여 모든 것을 볼 수 있었어. 그런데 지금은 네가 없이 나 혼자서 바라보는 모든 것이 마치 내가 너한테서 훔쳐내고 있는 것만 같아. 결국 나는 퐁그즈마르나 르아브르에서 울적한 날에 대비하여 저항할 수 있는 힘을 기르고 있었던 거야. 그런데 여기 와서 보니 그 힘은 이미 아무런 소용도 없어졌어. 그리고 그것이 쓸모 없게 되었다고 느끼니 늘 불안한 거야. 사람들의 웃음소리나 이 고장의 즐거움도 내 기분을 거슬리게 하는구나. 어쩌면 내가 슬프다고 부르는 상태란, 단순히 그들처럼 떠들썩한 상태가 아니라는 것에 불과할지도 몰라. 아무래도 전에는 나의 기쁨에 무슨 오만 같은 것이 깃들어 있었던 모양이야. 왜냐하면 지금 이 지방의 즐거운 분위기에 싸여 있으면서도, 내가 느끼는 것은 굴욕과도 같은 감정이고 보니.

이곳에 온 후로는 기도도 별로 드리지 못했어. 하나님도 이제는 그 전 자리에 계시지 않으시다는 어린애 같은 느낌이 들기도 해. 안녕히……. 빨리 편지를 마쳐야겠어. 이러한 모욕적인 말, 나의 약한 마음, 나의 서글픔이 부끄럽고, 또 그것을 고백한다는 것이, 그리고 우체부가 오늘 저녁에 가져가지 않는다면 내일은 갈기갈기 찢어버리고 말 이런 이야기를 모두 써 보낸다는 것이 부끄럽기만 해.

다음 번에 온 편지는 그녀가 대모(代母)가 될 자기 조카딸의 출생, 줄리에트의 기쁨, 외삼촌의 기쁨 따위에 관해서만 이야기했을 뿐……. 그녀 자신의 느낌에 대해서는 더 이상 언급하지 않았다.

그리고 나서는 퐁그즈마르의 소인이 찍힌 편지가 또다시 오기 시작했고, 줄리에트도 7월 달에 거기에 와 있었다.

에두아르와 줄리에트는 오늘 아침에 떠났어. 내가 서운해하는 것은 무엇보다도 그 귀여운 갓난아기가 떠났다는 거야. 여섯 달 후에 다시 보게 될 때면 그 몸짓도 이미 알아보지 못하게 되겠지, 나는 그애가 꾸며 내는 동작을 거의 하나도 빼지 않고 지켜 봤어. '생성(生成)'이란 언제나 그렇게 신비롭고 놀라운 것이야. 우리가 평소에 좀더 자주 놀라지 않는 것은 주의력이 부족하기 때문이야. 희망으로 가득 찬 그 조그만 요람을 굽어 보며 나는 얼마나 많은 시간을 보냈는지 몰라. 그 무슨 이기심, 자기 만족, 최선에 대한 갈망의 감퇴 때문에 발전은 그리도 빨리 멈추어 버리며, 온갖 피조물은 그처럼 하나님에게서 멀리 떨어져 버리는 것일까? 오! 그러나 우리가 주께로 더욱 가까이 갈 수만 있다면, 좀더 가까이 가기를 원하기만 한다면…… 그것은 얼마나 아름다운 경쟁이 될까!

줄리에트는 아주 행복해 보여. 처음에 나는 그애가 피아노도 독서도 그만두는 것을 보고 슬퍼했어, 그러나 에두아르는 음악을 좋아하지 않으며 책에도 별다른 취미를 갖지 않는다는 거야. 남편이 따라오지 못하는 즐거움을 찾으려 들지 않는 줄리에트야말로 분명 현명하게 움직이고 있는 거지. 그 대신에 줄리에트는 남편의 일에 흥미를 갖고, 남편도 자기가 하는 모든 사업에 대하여 그애가 잘 알 수 있도록 끊임없이 알려주고 있어. 사업이 금년 들어서서는 규모가 무척 커졌대. 르아브르에 귀한 단골 손님들이 생긴 것도 다 자기의 결혼 때문이라고 즐겨 말하더라. 로베르는 에두아르가 요전번 사업에 관계되는 여행을 할 때 동행했어, 에두아르는 그애를 세심히 보살펴 주었고 그애의 성격을 잘 이해한다고 장담하면서, 그애가 이런 종류의 사업에 진정으로 재미를 붙이게 될 거라고 희망을 갖고 있어.

아버님은 훨씬 나아지셨어. 딸이 행복한 것을 보시게 되어 다시 젊어지시는 모양이야. 농장이나 정원 일에 다시금 재미를 붙이게 되셨어. 방금 전에도 미스 애슈부르통과 셋이서 시작했다가 테시에르 가족이 와서 중단되었던, 소리내어 읽는 독서를 다시 나더러 해달라고 청하셨어. 내가 그분들에게 이렇게 읽어 드리고 있는 것은 휴브너 남작 — 19세기 오스트리아의 외교관 — 의 여행기인데 나 자신도 퍽 재미를 느끼고 있어. 이제부터는 나도 책 읽을 시간을 좀더 많이 가지려고 해.

하지만 네게서 무슨 지시가 있었으면 하고 기다리고 있어. 오늘 아침, 나는 몇 권의 책을 한 권 한 권 뒤적거렸는데, 어느 하나도 마음에 들지는 않더구나!

알리사의 편지는 이때부터 더욱 혼란해지고 더욱 절박해졌다.

네가 걱정하고 있지나 않을까 하는 두려움이, 내가 얼마나 너를 기다리고 있는가 하는 말을 가로막는구나. — 여름이 끝날 무렵 그녀는 이렇게 내게 써보냈다. — 너를 다시 만날 때까지의 하루하루가 짐이 되어 무겁게 짓누르고 있어. 아직도 두 달! 그것은 이미 너와 멀리 떨어져 지낸 그 모든 시간 보다 훨씬 긴 것 같구나! 기다리는 마음을 잊어 보려고 애쓰는 노력이 내게 는 터무니없고 일시적인 것으로만 여겨지고, 이제 나는 아무 것에도 마음을 기울이지 못하겠어. 책도 이제 아무런 힘도, 매력도 없고, 산책도 아무런 재 미가 없으며, 대자연 전체도 신비함이 없고, 정원도 퇴색되어 향기가 없어. 나는 차라리 너의 고된 과업, 강제적이고 의무적인 그 훈련, 끊임없이 너를 네 자신에게서 떼어 놓고 너를 피곤케 하며, 하루하루를 쏜살같이 지나가게 만들고, 저녁이면 피곤에 축 늘어진 너를 잠 속으로 휘모는 고된 과업이 부 러워. 기동 연습에 대하여 써 보낸 너의 감동적인 묘사는 나의 마음을 온통 사로잡았어, 잠을 못 이루는 요 며칠 밤, 몇 번씩이나 기상 나팔 소리에 펄쩍 뛰어 일어나곤 했어. 확실히 나는 그 소리를 들었어. 네가 이야기해 준 그 가 벼운 일종의 흥분, 새벽녘의 그 기쁨, 그 반쯤 눈부신 듯한 황홀, 나는 정말 이러한 것을 잘 상상해 볼 수 있어. ……새벽에 그 얼어붙은 눈부심 속에서 말제빌르의 그 고지가 얼마나 아름다웠을까!
얼마 전부터 몸이 좀 좋지를 않아. 아! 하지만 조금도 대수롭지는 않아. 그저 너를 좀 지나치게 기다리던 탓인 것 같아.

그리고는 여섯 주일 후에 이러한 편지를 받았다.

이것이 내 마지막 편지야. 제롬, 네가 돌아오는 날짜에 대해서 아직도 확정 되지 않았다고는 하지만 그 날짜가 아주 늦어지지는 않겠지. 그러니 이제는 네게 편지할 수도 없을 거야. 나는 너를 퐁그즈마르에서 만나고 싶지만, 날

씨가 나빠졌고 요즈음은 몹시 추워서 아버지는 시내로 돌아가자는 말씀만 하셔. 줄리에트도 로베르도 우리와 함께 있지 않으니, 이제는 너를 편하게 기거할 수 있도록 할 수 있지만, 아무래도 펠리시 고모님 댁에 있는 편이 더 좋을 것 같아. 고모님도 너를 맞아들이는 것을 기뻐하실 테니까.

재회의 날이 가까이 올수록 기다리는 마음은 점점 더 불안해져. 거의 두려움에 가까운 기분이야. 네가 돌아오기를 그토록 바랐는데, 지금은 네가 돌아온다는 사실이 두려워지는 것 같아. 더 이상 그런 생각을 하지 않으려고 애쓰고 있어. 네가 누른 초인종 소리, 층계를 올라오는 너의 발자국 소리를 상상하기만 해도 심장의 고동이 멈춰버리는 듯하고, 가슴이 꽉 막히는 것 같아⋯⋯. 무엇보다도 내가 이야기할 것에 대해서 조금도 기대를 갖지 말아⋯⋯. 나의 과거가 거기서 끝장이 나 버리는 것 같아. 그 너머 저쪽에는 아무것도 보이지 않아. 나의 삶이 멈추어 버린 듯⋯⋯.

그로부터 나흘 후에, 즉 제대하기 한 주일 전에 나는 지극히 짧은 편지를 다시 한 통 받았다.

제롬,

르아브르에서의 너의 체류와 우리가 처음 만나는 시간을 지나치게 늦추려고 노력하지 않는 것에 나는 전적으로 찬성해. 지금까지 서로 편지에 쓴 것 말고 또 무슨 할 말이 있겠니? 그러니 학교 등록 때문에 28일까지 파리에 가야 한다면 조금도 망설이지 말고 가도록 해. 이틀밖에 함께 있을수 없다고 해서 섭섭히 여기지도 말아 줘. 우리들 앞에는 한평생이 남아있지 않니?

6

우리는 퐁가티에 이모 댁에서 첫 재회를 했다. 군복무 때문인지 나는 갑자기 내가 둔해지고 무거워진 듯한 느낌이 들었다. 그리고 나는 그녀도 내가 변했다고 여긴다는 것을 느낄 수 있었다. 그러나 이러한 허망한 첫인상이 우리 사이에 무슨 중요성을 가질 수 있으랴? 난 이제 더 이상 그녀의 옛 모습을 찾아볼 수 없지 않을까 하는 두려움 때문에, 처음에는 감히 그녈 쳐다볼 수 없었다. ……아니, 사람들이 우리에게 강요하려는 어처구니없는 약혼자 간의 역할과 우리들 둘만을 남겨 놓으려고 저마다 서둘러 우리 앞을 물러나 버리는 것이 오히려 우리들을 난처하게 했다.

"하지만 고모, 고모는 우리에게 조금도 방해되지 않아요. 우린 나누어야 할 비밀 이야기가 아무것도 없는 걸요." 하고 알리사는 이모가 자리를 피하려고 공연한 수고를 하는 것을 보고 마침내 소리쳤다.

"원, 천만에! 그래도 그렇지는 않다, 애들아! 난 너희들을 아주 잘 알고 있어. 서로 보지 못하고 오랫동안 떨어져 있으면 자질구레하게 나누어야 할 이야기가 많은 거야⋯⋯."

"제발 부탁이에요, 고모. 고모가 나가시면 저희는 더욱 쑥스러워져요."

이 말을 할 때의 목소리는 거의 노기마저 띠고 있어서 알리사의 목소리답지 않았다.

"이모, 만일 이모님이 나가 버리신다면, 분명 저희는 한마디도 하지 않을 거예요."라고 웃으면서 말했지만 나 자신도 우리만 남게 된다면 어쩌나하는 생각에 뭔지 모를 두려움이 밀려왔다.

그래서 우리 셋은 저마다 이면에 불안을 감춘 채 짐짓 명랑하고 평범한 이야기를 겉모양뿐인 생기로써 다시 이어나갔다. 외숙이 점심에 나를 부르셨기 때문에 우리는 그 다음날 다시 만나게 되어 있었다. 그래서 그 첫날 오후에는 그런 희극을 끝내는 것이 오히려 다행스러워 우리는 아무렇지 않게 헤어지고 말았다.

나는 식사시간 훨씬 전에 찾아갔지만 알리사는 어떤 여자 친구와 이야기를 하고 있었다. 알리사는 억지로 그 친구를 돌려보내려 하지 않았고, 그 친구도 눈치 있게 돌아가려고는 하지 않았다. 마침내 그애가 우리 둘만을 남겨 놓았을 때 나는 알리사가 그 친구를 점심에 붙들지 않은 것을 짐짓 놀라는 척했다. 전날 밤 잠을 잘 이루지 못해 피곤했던 우리는 둘 다 신경이 날카로워져 있었다. 외삼촌이 들어오셨다. 알리사는 내가 외삼촌도 늙으셨구나 하고 생각하고 있는 것을 눈치챘다. 외삼촌은 귀가 어두워져 말소리를 잘 알아듣지 못했다. 내 말을 알아들으시도록 소리를 질러야 했기 때문에 내 이야기는 점점 김이 빠져 버렸다.

점심식사 후, 플랑티에 이모는 약속했던 대로 마차를 가지고 우리를 데리러 왔다. 이모는 돌아오는 길에 알리사와 내가 그 코스 중 가장 좋은 곳을 걸어오게 할 작정으로 오르세까지 태워다 주었다.

계절에 비해서 날씨는 더웠다. 걸어가는 언덕길 부근은 햇살에 드러나 아무런 정취도 없었다. 헐벗은 나무들은 우리에게 그늘을 허락해주지 않았다. 이모가 기다리는 마차로 빨리 가야한다는 걱정에 우리는 무리하게 걸음을 서둘렀다. 두통이 심해진 머리에서 난 아무런 생각도 짜내지 못했다. 태연한 척하기 위해서인지, 또는 이러한 동작이 말을 대신할 수 있다는 생각에선지, 난 걷는 동안 줄곧 알리사가 내맡긴 손을 쥐고 있었다. 흥분과 빠른 걸음의 숨가쁨과 묵묵히 있는 쑥스러움, 그런 것들 때문에 우리들의 얼굴에는 홍조가 어렸다. 내 관자놀이가 뛰는 것이 들렸다. 알리사의 얼굴은 보기 흉하리만큼 상기돼 있었다. 그러자 곧 우리는 땀에 젖은 손을 잡고 있다는 어색함을 느껴 손을 쓸쓸히 놓아 버렸다.

우리는 너무나 급히 걸었기 때문에 우리에게 이야기할 시간을 주려고 다른 길로 돌아서 아주 천천히 몰고 온 이모의 마차보다 훨씬 전에 네거리에 도착했다. 우리는 언덕의 비탈길에 앉았다. 갑자기 불기 시작한 찬 바람이 우리를 오싹 춥게 했는데 땀에 흠뻑 젖어 있었기 때문이었다. 우리는 마차를 마중 가려고 일어섰다. 그러나 무엇보다도 곤란했던 것은 이모의 지나치고 극성스러운 염려였다. 이모는 우리가 실컷 이야기했으리라고 믿고 대뜸 우리의 약혼에 대해서 물어보기 시작하셨다. 참다못해 두 눈에 눈물이 가득 어린 알리사는 몹시 머리가 아프다고 핑계를 댔고, 우리는 말없이 집으로 돌아왔다.

다음날 잠이 깨자 온몸이 뻐근하고 오한이 나서 너무나 몸이 불편했기 때문에 뷔콜랭 댁에는 오후에나 가려고 마음 먹었다. 공교롭게도 알리사는 혼자 있지 않았다. 펠리시 이모의 손녀들 중의 하나인 마들렌느 플랑티에가 같이 있었던 것이다. 나는 알리사가 그애와 곧잘 이야기한다는 것을 알고 있었다. 그애는 며칠 동안 제 할머니 댁에 머물고 있었던 것인데, 내가 들어서자 소리쳤다.

"가실 때 산기슭으로 돌아간다면, 우리도 함께 올라갈 수 있겠군요."

난 무의식적으로 승낙해 버렸다. 그래서 난 알리사하고 단 둘이서 못 만났지만 그 귀여운 애가 있는 게 확실히 우리에겐 도움이 되었다. 전날과 같은 견디기 힘든 어색함을 겪지 않을 수 있게 된 것이었다. 우리 세 사람 사이엔 곧 쉽게 이야기가 이루어져서 처음에 내가 두려워했던 것처럼 이상한 분위기는 아니었다. 내가 알리사에게 작별 인사를 하자, 그녀는 이상한 미소를 지었다. 그녀는 그때까지도 그 다음날이면 내가 떠난다는 것을 알지 못하고 있는 것 같았다. 게다가 곧 다시 만나게 되리라는 가능성이 있어서 나의 작별 인사에는 섭섭함이 많이 가셔 있었다.

그런데도 저녁을 마친 다음 나는 알 수 없는 불안에 밀려 다시 시내로 내려갔다. 뷔콜랭 댁의 초인종을 누르기로 작정할 때까지 나는 근 한 시간이나 헤매며 다녔다. 나에게 문을 열어 준 것은 외삼촌이었다. 알리사는 몸이 괴로워서 벌써 제 방에 올라가 버렸는데, 아마 잠이 든 모양이었다. 나는 잠시 외삼촌과 이야기를 나누다가 나와 버렸다……

이런 뜻밖의 일들이 매우 유감스럽게 생각되었지만 그것을 탓해 본들 소용없는 일일 것이다. 설령 모든 일이 우리를 도와주었다고 하더라도 우리는 역시 그런 서먹서먹한 느낌을 가졌을지도 모른다. 그러나 알리사도 마찬가지로 그 서먹서먹함을 느꼈다는 것, 그것이 무엇보다도 나를 슬프게 했다. 이것은 파리에 돌아오자마자 곧 받은 편지다.

제롬,

얼마나 서글픈 재회였니! 넌 그렇게 된 잘못이 남들에게 있다고 생각하는 것 같았지만 네 자신도 꼭 그렇다고는 확신하지 못했을 거야. 이제 나는 앞으로도 줄곧 그러리라는 생각이 들어. 아! 제발, 다시는 만나지 말자구나! 서로에게 할 말이 많았는데도 왜 우리는 그렇게도 거북해하고, 부자연스런 느낌이 들고, 몸이 뻣뻣해지고 벙어리가 되었을까? 네가 돌아온 첫날은 그 침묵조차도 즐거웠어. 그 침묵은 곧 사라질 것이며, 너는 내게 놀라운 이야기들을 들려주리라고 나는 믿고 있었기 때문이지. 그러기 전에는 네가 떠나 버릴 수는 없다고 생각했어.

그러나 오르세의 침울한 산책이 침묵 속에서 끝나는 것을 보고, 특히 우리의 손이 서로의 손을 놓고 아무런 희망도 없이 내려뜨려졌을 때, 내 가슴은 비탄과 고통으로 이지러지는 줄 알았어. 무엇보다 날 서글프게 한 것은 네 손이 내 손을 놓아 버렸다는 사실이 아니라, 혹시 네 손이 그러지 않았다면 필경 내 손이 먼저 그랬으리라고 느껴지는 일이었어. 왜냐하면 내 손은 더 이상 네 손 안에서 즐거움을 느끼지 못했었거든.

그 이튿날, 바로 어제였지. 아침 내내 난 미친 듯이 너를 기다렸어. 집에 가만히 있기가 너무도 뒤숭숭해, 네가 방파제로 오면 날 만나게 되리라는 쪽지를 집에 남기고서 뛰쳐나왔었어. 한참이나 파도치는 바다를 바라보며 꼼짝 않고 있었지만, 너 없이 나 혼자서 바라본다는 것이 너무나도 가슴 아팠어. 난 갑자기 네가 내 방에서 기다리라는 생각이 떠올라 집으로 돌아왔어. 오후에는 나 혼자 있지 못할 것을 알고 있었거든. 마들렌느가 들르겠다고 전날 말했기 때문이지. 너와는 아침에 만날 것으로 생각하고서 들러도 좋다고 마들렌느에게 말해 버렸던 거야. 그러나 그애가 있어 줬기 때문에 우리가 이번 재회에서 유일하게 즐거운 시간을 가질 수 있었는지도 몰라. 자연스러운 이 대화가 이제부터는 오래오래 계속되리라는 야릇한 착각이 잠시 들기도 했지……. 그러므로 내가 마들렌느와 함께 앉아 있던 소파로 네가 다가와 나에게로 몸을 굽히면서, "잘 있어."하고 말했을 때 난 대답 할 수 없었던 거야. 모든 것이 다 끝나는 것 같았거든. 갑자기 네가 떠난다는 것을 깨달았으니까.

네가 마들렌느와 함께 나가 버리자 그런 일이란 결코 있을 수도, 참을 수도 없는 일이라고 여겨졌어. 내가 다시 뛰쳐나갔다는 것을 너는 알까? 네게 다시 말하고 싶었고, 하지 않았던 모든 이야기를 그때야 비로소 들려주고 싶었던 거야. 벌써 나는 플랑티에 댁으로 달리고 있었어. 그러나 너무 늦었어. 내겐 시간도 없었고 감히 용기도 없었지……. 난 실망되어 돌아왔어. 편지를 쓰려고. 다시는 편지를 쓰고 싶지 않았는데…… 작별의 편지를……. 왜냐하면 우리가 편지를 주고받는 일이란 결국 하나의 커다란 환영에 지나지 않으며, 우리는 슬프게도 저마다 자기 자신에게만 편지를 썼다는 것……. 제롬! 아, 우리는 언제나 멀리 떨어져 있었다는 것을 그때서야 비로소 너무나도 뚜렷이 느꼈기 때문이야.

나는 그 편지를 찢어 버렸어. 정말이야. 하지만 지금은 또다시 쓰고 있어 처음과 거의 똑같은 편지를. 오! 내가 너를 전보다 덜 사랑하고 있는 건 아니야, 제롬! 오히려 그 반대로, 네가 내게로 가까이 오자마자 마음의 혼란함과 두려움을 느꼈지만 내가 얼마나 너를 깊이 사랑하고 있는가를, 이렇듯 사무치게 그리고 필사적으로 느낀 적은 없었어.

그러나 절망적이었어. 왜냐하면, 아무래도 고백할 수밖에 없지만, 나는 너와 멀리 떨어져 있을 때에 더욱 너를 사랑하기 때문이야. 벌써부터 난 그걸 짐작하고 있었어. 오! 그토록 바라던 우리들의 재회는 내 추측이 옳았음을 일깨워 주고 말았어. 제롬, 너 역시 이것만은 인정해야 돼.

잘 있어. 이토록 사랑하는 제롬. 하나님이 널 지켜 주시고 인도해 주시기를. 마음 놓고 우리가 다가갈 수 있는 곳은 오직 하나님 곁일 뿐이야.

그리고 마치 이 편지만으로는 아직도 나를 충분히 괴롭히지 못했다는 듯이 다음날 그녀는 여기에다 이러한 추신을 덧붙여 보냈다.

우리 둘에 관해서 좀더 신중해 달라는 부탁을 하지 않고는 이 편지를 네게 띄우고 싶지 않아. 넌 너와 나 사이에서만 간직하고 있어야 할 것을 줄리에트나 아벨에게 들려줌으로써 내게 상처를 입힌 적이 몇 번인지 몰라. 바로 이런 점이 네가 짐작하기 훨씬 전부터 너의 사랑이 무엇보다도 머릿속의 사랑이고, 애정과 신의에 대한 아름답고 지적인 집착에 지나지 않는다는 것을 생각하게 만든 거야.

편지를 아벨에게 보이지나 않을까 하는 두려움이 이 마지막 몇 줄을 적어 넣게 했음에 틀림없었다. 도대체 그 무슨 의심 많은 통찰력이 그녀를 이토록 조심스럽게 했을까? 요즘 내 얘기에서 아벨의 조언이 다소 반영돼 있다고 별안간 느꼈단 말인가? 그 후로 나는 내 자신과 아벨 사이에 많은 거리가 있음을 느꼈다. 우리는 서로 다른 두 길을 걷고 있었던 것이다. 그러니 이러한 충고가 내 슬픔의 쓰라린 짐을 혼자 짊어지도록 내게 가르쳐 주기 위한 것이라면 정말이지 아무 소용 없는 것이었다.

그 후 사흘 동안 나는 오로지 원망으로만 보냈다. 알리사에게 답장을 쓰고도 싶었다. 그러나 너무 지나친 논쟁이나 너무 격렬한 항변이나 아주 사소하고 서투른 말이라도 해서 우리의 상처를 고칠 수 없게 건드리지 않을까 두렵기도 했다. 나는 사랑이 몸부림치는 편지를 몇 번이나 고쳐 쓰곤 했다. 마침내 부치기로 결심한 편지의 사본(寫本)인, 눈물에 씻기운 이 종이는 지금도 눈물 없이 다시 읽을 수가 없다.

알리사!

나를, 우리 둘을 불쌍히 여겨 줘! 네 편지는 날 아프게 했어. 네 걱정을 그저 웃어 버릴 수만 있다면 얼마나 좋을까! 그래, 네가 써 보낸 모든 것을 나도 느끼고 있었어. 하지만 난 너에게 그런 말을 하기가 두려웠어. 단지 상상에 지나지 않는 것에다 넌 얼마나 무서운 현실성을 부여하며, 또 너는 그것을 너와 나 사이에서 얼마나 심각하게 만들고 있는 것인가!

만약 네가 나를 그 전처럼 사랑하지 않는다고 느끼고 있다면……

아아! 네 편지 전체가 부인하고 있는 이런 참혹한 가정일랑 집어치우자. 그러고 보면 일시적인 네 두려움쯤이야 무슨 상관이 있겠니? 알리사, 이론을 따지려 드니 말이 얼어붙는다. 오직 내 가슴의 신음 소리밖에는 아무것도 들리지 않는구나. 기교를 부리기에는 난 너무도 너를 사랑하고 있어. 그리고 너를 사랑하면 할수록 점점 무슨 말을 해야 할지 모르겠어. '머릿속의 사랑' 이것에 대하여 내가 뭐라고 대답하기를 바라지? 내 온 영혼으로 너를 사랑하는데, 어떻게 내 머리와 내 심정을 가려낼 수 있겠는가! 그러나 우리의 편지 왕래가 너의 가혹한 비난의 원인이 된 이상, 또 편지를 주고받음으로써 잔뜩 고조됐던 우리가 뒤이어 찾아온 현실 속에 전락되어 이토록 쓰라린 상처를 받은 이상, 또 네가 편지를 한다 하더라도 이젠 다만, 너 자신에게 편지를 하는 것뿐이라고 생각한 이상, 그리고 이번 편지와 비슷한 또 다른 편지를 견디어 낼 만한 힘이 네게 없으니, 제발 우리 사이의 편지 왕래를 당분간 멈추기로 하자.

이 편지에 이어 나는 그녀의 판단에 대해 항변하면서, 생각을 돌이켜 달라고 호소했고, 다시 한 번 만날 약속을 해 달라고 그녀에게 애원했다. 지난번의 만남은 모든 것이 뒤틀린 상태였다. 무대 장치며, 단역의 배우며, 계절이며, 도무지 어긋난 것뿐이었고, 열이 올라 있던 편지 내왕마저도 우리의 재회를 위해서 빈틈없이 준비시키지 못했던 것이다. 이번에 우리가 서로 다시 만나기 위해서는 긴 침묵이 앞서야 할 것이다. 돌아오는 봄. 퐁그즈마르에서 그녀를 만나고 싶었다. 그곳이라면 과거의 추억도 나를 변호해 줄 것이고 외삼촌도 무척 반갑게 맞아 주실 테고 하니, 부활절 방학 동안에 그녀 자신이 좋다고 생각하는 며칠 동안만 만나고 싶은 것이다. 내 결심이 아주 확고한 것이기 때문에, 편지를 부치고 나서 나는 곧 학업에 열중할 수 있었다.

그해가 다 저물어 갈 무렵 난 알리사를 다시 만나지 않을 수 없게 됐다. 몇 달 전부터 건강이 나빠져 온 미스 애슈부르통이 크리스마스 나흘 전에 돌아가셨던 것이다. 제대 후 나는 다시금 그녀와 함께 살고 있었고, 그녀 곁을 거의 떠나지 않고 있었기에 임종도 지켜 볼 수 있었다.

알리사에게서 온 엽서는 그녀가 나의 이번 슬픔보다도 우리의 침묵의 맹세를 더욱 마음에 간직하고 있다는 사실을 내가 깨닫게 했다. 외삼촌이 참석하지 못하셔서 자기가 장례식만이라도 대신 참석하기 위하여 잠깐 오겠다는 사연이었다. 장례식에서도, 또 상여를 따라갈 때에도 거의 그녀와 나 단 둘뿐이었다. 나란히 옆에 서서 걸으면서도 우리는 몇 마디밖에는 나누지 않았다. 그러나 교회에서 그녀가 내 곁에 앉아 있었을 때에는 몇 번이나 그녀의 눈길이 내 위에 다정히 얹혀오는 것을 느꼈다.

"그럼, 잘 알겠지."

헤어질 무렵 그녀가 말했다.

"부활절 전에는 아무것도……."

"그래 알았어. 하지만 부활절에는……."

"기다릴게."

우리는 묘지 입구에 있었다. 난 역까지 바래다주겠다고 말했지만 그녀는 마차를 불러 세우더니 작별 인사 한마디 없이 날 남겨 두고 떠났다.

7

"알리사가 정원에서 널 기다리고 있어."

4월 그믐께, 내가 퐁그즈마르에 도착했을 때, 외삼촌은 아버지처럼 자상하게 나를 껴안아 주신 다음 이렇게 말씀하셨다. 처음에는 그녀가 나를 선뜻 맞아주지 않아서 실망했지만, 곧 이어서 나는 그녀가 우리들이 다시 만나게 된 첫 순간의 흔해 빠진 인사치레를 서로 생략할 수 있게 해준 것이 고마왔다.

그녀는 정원 깊숙한 안 쪽에 있었다. 나는 해마다 이 철이면 한창인 라일락, 마가목, 금잔화, 베즐리아 등의 꽃덩굴로 빽빽이 둘러싸여 있는 둥그런 갈림길 쪽으로 천천히 발걸음을 떼었다. 너무 멀리서부터 그녀의 모습을 보지 않으려고, 아니, 내가 오는 것을 그녀가 보지 못하도록 나는 정원의 다른 쪽인, 나뭇가지 아래로 공기가 서늘한 그늘진 길을 따라갔다. 난 천천히 앞으로 나아갔다. 하늘도 나의 기쁨처럼 따뜻하고 눈부시게 빛나며 미묘하게 맑았다. 아마도 그녀는 내가 딴 길로 해서 오리라고 생각하며 기다리고 있었음이 틀림없다. 나는 알리사 가까이, 바로 그녀 등 뒤에까지 갔다. 그녀는 내가 가까이 다가가는 소리를 듣지 못했다. 나는 걸음을 멈추었다. 그러자 마치 시간마저 나와 함께 멈추어 버린 듯했다. 바로 이 순간이야말로 행복 그 자체에 앞서 오고, 그리고 행복 그 자체도 도저히 미칠 수 없는, 아마도 가장 감미로운 그 순간이 아닐까 하고 생각했다.

나는 그녀 앞에 무릎을 꿇고 싶어져 한 걸음 다가섰다. 그러자 그녀는 내 발소리를 알아들은 듯싶었다. 그녀는 별안간 불쑥 일어섰다. 놓고 있던 수가 땅에 굴러 떨어지는 것도 아랑곳하지 않고 나에게로 팔을 내밀더니, 자기의 손을 내 어깨에 얹었다. 얼마 동안을 우리는 그렇게 하고 있었다. 그녀는 팔을 뻗치고 미소 띤 얼굴을 갸웃하고는 말없이 다정스레 나를 바라보고만 있었나. 그녀는 온통 하얀 옷을 입고 있었다. 거의 지나칠 정도로 엄숙한 그녀의 얼굴에서 언제나 변함없는 그 앳된 미소를 다시 보았다.

"이봐, 알리사!" 하고 나는 갑자기 소리를 질렀다.

"방학은 앞으로 열 이틀이야. 그렇지만 네가 좋아하지 않는다면 단 하루도 더 머무르지 않을게. 그러니 말야, '내일은 퐁그즈마르를 떠나야 해.' 란 것을 표시해 줄 무슨 신호를 하나 정해 두자. 그러면 그 다음날은 아무런 항의도 원망도 하지 않고 떠나 버릴게. 알았지?"

미리 준비한 말이 아니었기 때문에 나는 한결 수월하게 말할 수 있었다. 그녀는 잠시 생각해 보더니 곧, "식사하러 내려갈 때에 네가 좋아하는 그 자수정 십자가를 목에 걸지 않은 저녁……. 알겠어?"

"그게 나의 마지막 저녁이란 말이지?"

"하지만 눈물도 한숨도 없이 떠나야 해." 하고 그녀가 다시 말했다.

"작별 인사도 하지 않고 말이지, 그래, 전날 저녁과 똑같이 그 마지막 저녁도 나는 아무렇지도 않게 너와 작별할 거야. '아직도 알아차리지 못했나?' 하고 네가 의아해 할 정도로 아무렇지도 않게 말이야. 하지만 그 이튿날 아침 네가 나를 찾을 때면 나는 이미 그 자리에 없을 거야."

"그 이튿날, 너를 찾는 일은 없을 거야."

그녀는 내게 손을 내밀었고 나는 그 손을 내 입술에 갖다댔다.

"그러나 이제부터 그 마지막 저녁까지는 내게 아무런 눈치도 보여서는 안 돼." 하고 나는 또 말했다.

"너도 뒤에 올 작별에 대해서는 아무런 눈치도 보여선 안 돼."

이제는 이 재회의 엄숙한 기분으로 말미암아, 자칫하면 우리 둘 사이에 일어날지도 모르는 서먹서먹함을 깨뜨려야 될 차례였다.

"간절히 바라지만" 하고 나는 말을 이었다.

"네 곁에서 지낼 이 며칠 간이 예전의 그날들과 똑같았으면 참 좋겠어……. 말하자면 우리가 이 며칠을 무슨 특별한 예외라고 느끼지 않았으면 좋겠다는 거야. 그리고…… 처음부터 이야기만 하려고 너무 애쓰지 않았으면 좋겠어."

그녀가 웃기 시작했다. 나는 덧붙여 말했다.

"우리가 함께 해 볼 만한 일은 없을까?"

우리는 전부터 정원을 손질하는 일에 재미를 붙이곤 했었다. 얼마 전에 먼저 있던 사람을 대신해서 별로 경험이 없는 정원사가 들어와, 약 두 달 동안이나 내버려 둔 채 있었기 때문에 정원은 손볼 일이 많았다. 장미나무들도 전기(剪技)가 잘 되어 있지 않았고, 그나마 싱싱하게 자라나는 것들엔 시든 가지가 잔뜩 뒤엉켜 있었다. 어떤 덩굴장미들은 잘 받쳐 주지 않아서 땅에 쓰러져 있었고, 잔 덧가지들이 다른 가지들을 시들게 했다. 우리가 손질한 장미들을 우리는 곧 알아볼 수 있었다. 그것들을 돌보아주는 일로 우리는 분주하기도 하였거니와, 처음 사흘 동안은 심각한 말을 하지 않고도 여러 가지 이야기를 주고받을 수 있었다. 입을 다물고 있을 때라도 그 침묵이 힘겹게 느껴지지 않았다.

이렇게 하여 우리는 차차 서로 익숙해졌다. 나는 어떠한 설명보다도 이러한 습관에 더 기대를 가지고 있었다. 우리가 떨어져 있었다는 기억마저도 이미 우리 사이에서 지워져 가고 있었고, 번번이 내가 그녀에게서 느끼던 두려움도, 그녀가 나에게서 두려워하던 마음의 긴장도, 이제는 이미 누그러져 가고 있었다. 지난 가을의 쓸쓸했던 방문 때보다도 한층 더 앳된 알리사는 어느 때보다도 더욱 아름다워 보였다. 나는 아직도 그녀와 키스해 본 적이 없었다. 저녁마다 난 그녀의 블라우스 위에서 금빛 고리에 매달린 자수정의 그 조그만 십자가가 반짝이는 것을 보았다. 내 가슴에서는 다시금 희망이 움트고 있었다. 희망? 아니, 그건 이미 확신이었다. 그리고 이 확신은 알리사도 역시 느끼고 있으리라 짐작했다. 왜냐하면 이제 나는 알리사를 의심할 수 없으리만큼, 내 자신을 거의 의심하지 않았기 때문이다. 차츰차츰 우리의 화제는 대담해져 갔다.

"알리사."

상쾌한 대기가 웃음을 머금고, 우리의 가슴이 꽃처럼 피어나던 어느 날 아침, 나는 그녀에게 말했다.

"줄리에트도 행복하고 하니 이제, 우리도……."

그녀를 바라보며 나는 천천히 말했다. 그러나 그녀가 갑자기 너무도 이상스레 창백해지는 바람에 나는 말끝을 맺지 못했다.

"제롬!"

그녀는 내 쪽으로 시선을 돌리지도 않고서 이야기를 시작했다.

"네 곁에서 나는 이보다 더 행복해질 수 없을 만큼 행복을 느끼고 있어……. 하지만 내 말을 믿어 줘, 우리는 행복을 위해 태어난 게 아냐."

"그렇다면 인간의 영혼이 행복 외에 뭘 더 바란단 말이니?"

나는 격렬하게 소리질렀다.

그녀는 속삭이 듯이 이야기했다.

"성스러운 것을……."

그 목소리가 너무 낮았기 때문에 나는 그 말을 들었다기보다는 그러한 말일 거라고 짐작했다. 내 모든 행복이 날개를 펴고, 내게서 빠져나가 하늘을 향해 날아가고 있었다.

"너 없이는 나는 거기에 이르지 못해." 하고 나는 그녀의 무릎에 이마를 파묻은 채 어린애처럼, 그러나 서글픔이라기보다는 사랑에 복받쳐 울음을 터뜨리며 말을 이었다.

"너 없인 못해, 너 없인 못해!"

그 일이 있은 후 그날도 여느 날처럼 흘러갔다. 그러나 저녁 때 알리사는 자수정의 그 조그만 목걸이를 달지 않고서 나타났다. 나는 충실하게 약속을 지켜, 그 이튿날 동이 트자마자 길을 떠났다.

그 다음날, 나는 다음과 같은 이상한 편지를 받았다. 그 편지에는 셰익스피어의 시 몇 줄이 인용구로 적혀 있었다.

That strain again, — it had a dying fall:

O, it came o'er my eat like the sweet south,

That breathes upon a bank of violets,

Stealing and giving odour. — Enough, no more.

'Tis not so sweet now as it was before……

(다시금 그 선율을, — 그건 꺼질 듯 스러지는 선율이더라.

오, 오랑캐꽃 언덕 위로, 향기를 불어 주며 숨을 쉬는

달콤한 남풍처럼 내 귀에 들려왔다. — 됐어, 이제는 그만.

그건 아까처럼 달콤하지가 않구나…….)

그래! 나도 모르게 나는 아침 내내 너를 찾았어. 제롬, 난 네가 떠났다고 믿을 수가 없었어. 우리의 약속을 지킨 네가 원망스러웠어. 나는 이것이 장난이려니 생각했었지. 그래서 덤불 하나하나마다, 그 뒤에서 혹시 네가 나타나지 않을까 하고 살펴보기도 했지. 하지만 나타나지 않았어! 네가 떠나버린 것은 사실이었어. 고마와.

나는 끈질기게 내 머릿속에 떠도는, 그리고 당장 너에게 알려 주고 싶은 몇 가지 생각들에 사로잡혀서, 또 만약 그 생각을 네게 알려 주지 않는다면 네게 해주어야 할 일을 등한히 했다는 느낌과 마땅히 너의 비난을 받을 만한 것이라고 장차 생각하게 될 것 같은 야릇하고도 명백한 두려움에 사로잡혀서 나머지 온종일을 보냈어.

네가 퐁그즈마르에 머물러 있던 동안의 처음 몇 시간 나는 네 곁에서 느낀 내 온몸과 마음의 그 야릇한 충족감에 놀랐고, 이내 그 충족감이 불안스러워졌어. "이 이상 아무것도 더 바랄 것이 없을 정도의 충족감!" 이라고 너는 말했지만, 오오! 나를 불안스럽게 하는 것은 바로 그 충족감이었어…….

내 말을 잘못 이해하지나 않을까 두려워. 가장 격렬한 내 심정의 표현일 뿐인 것을 까다로운 어떤 이론으로 — 오! 그 얼마나 어설픈 이론인가! — 생각하지나 않을까, 나는 무엇보다도 그게 두려워.

"만족하지 못한다면 그것은 행복이 아닐 거야."라고 내게 한 말 기억나? 그때 나는 무어라고 대답해야 할지 몰랐어. 그러나, 아니야. 제롬, 그건 우리를 만족시켜 주지 못 해. 제롬, 만족시켜 주어서는 안 되는 거야. 더할 나위 없는 환희에 가득 찬 그 충족감, 나는 그것이 진실된 것이라고는 생각할 수 없어. 지난 가을 우리는 그러한 충족감 뒤에 어떠한 슬픔이 깃들고 있었는지 깨닫지 않았니?

진실한 행복! 아, 하나님께서 그러한 충족감이 진실된 것이 아니도록 해주실 거야! 우리는 다른 또 하나의 행복을 위해 태어난 것이야……. 전에 우리의 편지 왕래가 지난 가을의 우리들의 재회를 망쳐 놓았던 것처럼, 어제 네가 여기에 있었다는 기억이 오늘 내가 쓰는 이 편지의 기쁨을 빼앗아 가 버리는구나. 네게 편지를 쓰면서 느꼈던 그 황홀감은 어떻게 된 것일까? 편지를 주고받고, 서로 만나는 것으로써 우리는 우리의 사랑이 열망했던 그 순수한 기쁨을 온통 없애버리고 만 거야. 그래서 이제 나는 나도 모르게 「십이야(十二夜)」의 오시노처럼 부르짖는다. "됐어! 이제는 그만! 그건 아까처럼 달콤하지가 않구나."라고.

잘 있어, 내 사랑하는 제롬. Hic incipit amort Dei(주를 사랑함은 여기에서 시작되노라). 아! 내가 널 얼마나 사랑하는지를 언제나 너도 알게 될까?

— 영원한 너의 알리사

'미덕' 이라는 함정에 대비해서 나는 아무런 방비도 없었다. 온갖 영웅적인 기분이 나를 현혹하면서 내 마음을 자꾸 끌어 당겼다. 왜냐하면 나는 그러한 영웅주의를 사랑과 구별하지 않았던 것이다……. 알리사의 편지는 가장 용맹스러운 열정으로써 나를 도취시켰다. 내가 좀더 미덕을 쌓으려고 한 것도 오직 알리사만을 위해서였음은 의심할 여지가 없었다. 어떤 길도 그것이 위로 올라가기만 한다면 그 길은 나를 알리사가 있는 곳으로 인도해 줄 것 같았다. 아! 대지가 제 아무리 갑작스레 좁아진다 하더라도, 다만 우리 둘만을 받들기 위해서라면 오히려 넓다고 생각될 것이었다. 아! 나는 그녀의 미묘한 가장을 알아차리지 못했으며, 겨우 올라간 또 하나의 봉우리에서 다시금 내게서 빠져 달아나리라고는 상상도 하지 못했던 것이다.

나는 그녀에게 긴 답장을 썼다. 지금은 그 편지 가운데에서 다소 통찰력이 있다고 생각되는 한 구절만이 기억에 남아 있다.

그녀에게 난 이렇게 말했다.

"나의 사랑만이 내가 지니고 있는 것 중에서 가장 훌륭한 거라고 생
각해. 내 모든 덕행도 거기에 달려 있는 것이며, 사랑이야말로 나를
나 이상의 위치로 끌어올려 주는 것 같아. 만일 너에 대한 사랑이 없
다면 나는 극히 평범한 인간이 머무르고 있는 보통의 높이로 다시 전
락해 버릴 수밖에 없을 것만 같아. 너와 다시 만나게 되리라는 희망
이 있었기 때문에 제 아무리 험준한 길이라도 언제나 가장 좋은 길처
럼 여겨졌던 거야."

내가 이 편지에다 무슨 말을 덧붙여 놓았기에 그녀는 다음과 같은 회
답을 쓰게 되었던 것일까?

그렇지만 제롬, 성스럽게 된다는 것이란 선택되어지는 것이 아니라 하나의
의무인 거야. — 그녀의 편지엔 이 '의무'란 낱말에 밑줄이 세 번이나 그어
져 있었다. — 만약 네가 내가 믿어 온 그 사람이라면, 너 역시 이 의무를 피
하지는 못할 거야.

이것이 전부였다. 우리의 편지 왕래가 이것으로 끝나리라는 것을 그
리고 아무리 교묘한 충고나 굳건한 의지로써도 이제는 어쩔 수가 없을
것이라는 것을 나는 이해했다기보다는 오히려 예감했다. 그런데도 나는
거듭 길고 애정이 넘치는 편지를 썼다. 세 번째 편지를 부친 후에야 나
는 다음과 같은 편지를 받았다.

나의 벗,

다시는 네게 편지를 쓰지 않겠다는 결심이라도 내가 했다고는 생각지 말아
줘. 다만 나는 편지 쓰는 것이 더 이상 마음내키지 않을 뿐이야. 하지만 네
편지는 여전히 나를 기쁘게 해주고 있어. 그러나 나는 이렇게까지 네 생각
이 나를 차지하고 있다는 것이 점점 죄스러워져.

이젠 여름도 멀지 않았어. 잠시 동안 편지하는 걸 그만두기로 하고, 7월 하
순의 두 주일 동안은 퐁그즈마르에 와서 내 곁에서 지내주었으면 해. 승낙
하겠어? 만일 승낙한다면 답장하지 말아. 네 침묵을 나는 승낙의 표시로 여
길 테니까. 그러므로 네가 답장 않기를 바래.

나는 답장하지 않았다. 이 침묵이야말로 그녀가 내게 부과했던 마지
막 시련이었다. 몇 달 동안의 공부와 그리고 몇 주 동안의 여행 뒤에 내
가 퐁그즈마르에 다시 갔을 때 내 마음은 극히 안정되어 있었다.

이 짧막한 이야기로써, 처음에는 나도 잘 이해하지 못했던 것을 어떻
게 얼른 독자들을 이해시킬 수 있을 것인가? 그때부터 나를 온통 절망
속으로 밀어 넣은 그 비탄의 원인을 여기에 어떻게 적을 수 있을까? 왜
냐하면 그녀의 그 더할 나위 없이 억지로 꾸민 가면 밑에서 여전히 사랑
이 용솟음치고 있었음을 느끼지 못했던 나 자신에 대하여, 오늘날 나는
내 마음속에서 어떠한 용서도 구할 수 없지만, 처음에 나는 오직 그 꾸민
가면밖에는 보지 못했고, 지난날의 내 애인의 모습을 다시 찾아볼 길 없
다고 알리사를 비난하였기 때문이다. ……아니야, 그때조차도 나는 너

를 나무라지 않았어, 알리사! 다만 지난날의 너의 모습을 이제는 더 찾아볼 길이 없었기 때문에 절망에 울었을 뿐이었어. 너의 애정에서 오는 그 침묵의 술책과 잔인한 그 기교로써 네가 품었던 사랑의 힘을 측정할 수 있게 된 지금, 네가 더욱더 가혹하게 나를 슬프게 하면 할수록 나는 너를 더 사랑해야만 될 것인지.

경멸? 무관심? 아니다. 이겨내야 할 것은 아무것도 없다. 내가 맞부딪쳐 싸울 대상은 아무것도 없다. 그래서 나는 이따금씩 망설였던 것이고, 내가 내 불행을 꾸며낸 것이 아닌가 하고 의심도 해 보았다. 그토록 내 불행의 원인은 미묘한 것이었고, 그토록 알리사는 교묘하게 시치미를 떼고 있었던 것이다. 그렇다면 도대체 나는 무엇을 한탄했던 것일까? 그녀가 나를 대해 주는 태도는 그 어느 때보다도 더 상냥해 보였다. 전에는 결코 이보다 더 친절하고 이보다 더 상냥한 적이 없었다.

그래서 첫날의 나는 거의 속아 넘어갔다. ……납작하게 바짝 졸라 맨 머리 모양이 표정마저 아주 달라 보일 정도로 그녀 얼굴의 생김새를 딱딱하게 했다는 것이 도대체 무슨 상관이었단 말인가? 꺼칠꺼칠하고 보기 흔한 천으로 지은, 음침한 빛깔의 어울리지 않는 블라우스가 그녀 몸의 우아스러운 곡선을 손상시키게 한다는 것이 무슨 그리 중대한 일이었으랴? 그런 것쯤은 얼마든치 그녀가 고칠 수 있는 것들이었다. 바로 내일이라도 제 스스로, 또는 내 부탁이라면 그녀는 고치리라고 어리석게도 나는 생각했던 것이다. 나는 그보다도 우리 사이에서는 좀체로 그런 예가 없었던 그녀의 상냥스러움과 친절한 보살핌이 더 서글펐다. 나는 거기에서 애정의 충동이라기보다는 오히려 결심을, 그리고 말하기는

두려운 일이지만, 사랑보다는 오히려 예의를 발견하지나 않을까 두려웠
던 것이다.

　저녁 때 응접실에 들어서면서 나는 늘 있었던 그 자리에 피아노가 없
는 것을 보고 깜짝 놀랐다. 내가 실망하여 소리를 지르자,
　"피아노는 지금 수리 중이야."
　알리사는 아주 태연한 목소리로 말했다
　"애야, 그러게 내 몇 번이고 말하지 않던?"
　거의 엄하다고 할 만큼 나무라시는 어조로 외삼촌은 말씀하셨다.
　"지금까지도 쓸 수 있었던 것이니, 고치러 보내는 걸 제롬이 떠날 때
까지 기다릴 수도 있었잖니. 네가 서두르는 바람에 우리는 커다란 즐거
움을 하나 잃어 버렸어."
　"하지만, 아버지."
　새빨개진 얼굴을 감추느라고 몸을 돌리면서 말했다.
　"정말 요즈음은 너무도 쉰 소리가 나서, 제롬도 무엇 하나 쳐보지 못
했을 거예요."
　"네가 칠 땐 그렇게 나빠 보이지도 않던데 그래."
　외삼촌은 말씀을 이으셨다.
　그녀는 얼마 동안 그늘진 쪽으로 몸을 기울인 채 안락의자 덮개의 치
수를 재는 데만 정신이 빠진 듯이 아무 말 없이 있다가, 갑자기 훌쩍 방
에서 나가더니 한참만에야 외삼촌이 저녁마다 드시는 탕약을 쟁반에 받
쳐들고 돌아왔다.

그 다음날도 그녀는 그 머리 모양이나 블라우스를 바꾸지 않고 있었다. 그녀는 집 앞 벤치 위 아버지 곁에 앉아서 전날 저녁에도 하던 바느질이라기보다는 깁는 일을 계속하는 것이었다. 자기 곁의 벤치나 테이블 위에 헤어진 양말 짝들이며 짧은 양말 짝들이 가득 담긴 커다란 바구니를 놓아두고서는 줄곧 일감을 꺼내는 것이었다. 며칠 후에는 바구니 속의 내용물들이 냅킨이나 홑이불 등의 속으로 바뀌었다. 이 일에 완전히 열중해 있는 그녀의 입술은 전혀 표정을 잃어버린 듯했고, 눈은 광채를 찾아볼 수 없을 정도였다.

"알리사!"

첫날 저녁, 나는 옛모습을 찾아 볼 수 없을 만큼 얼굴에서 멋이 사라진 그녀의 모습에 놀라서 소리쳤다. 조금 전부터 나는 그녀를 뚫어지게 쳐다보았지만, 그녀는 그것을 의식하지 못하는 것 같았다.

"왜 그래?"

고개를 들면서 그녀는 말했다.

"내 말이 들리는지 알아보고 싶어서. 네 생각은 너무도 내게서 떨어져 있는 것 같기에."

"아니야, 난 여기 있잖아. 하지만 이런 깁는 일은 주의를 많이 기울여야 하거든."

"바느질하는 동안에 내가 곁에서 책이라도 읽어 주면 좋지 않을까?"

"잘 들을 수 있을 것 같지 않아."

"어쩌자고 그렇게 열중해야 하는 일거리를 골라잡지?"

"어차피 누군가가 해야 하거든."

“이런 일로 밥벌이를 하는 가난한 아낙네들이 허다하잖아. 네가 이따위 보잘것 없는 일을 기를 쓰고 하는 게 무슨 절약이나 하자고 그러는 건 아니잖아?”

그녀는 대뜸 어떠한 일도 이보다 더 재미없는 일은 없을 뿐만 아니라 벌써 오래 전부터 이런 일밖에 하지 않았고, 필경 다른 일에는 도무지 일손이 잡히지 않게 된 모양이라고 단언하는 것이었다. ……말을 하면서도 그녀는 줄곧 미소를 띠고 있었다. 그녀의 음성이 이 순간보다도 더 부드러웠던 적은 결코 없었지만, 그래도 나는 끝없이 서글퍼지기만 했다. 그녀의 얼굴은 마치 “나는 당연한 이야기를 할 뿐인데 너는 왜 그렇게 슬퍼하니?” 하고 말하는 듯했다. 그때 내 마음에서 일어나는 온갖 항의가 입술에까지도 올라오지 못한 채, 나를 억눌러 버리는 것이었다.

그 다음다음날 우리는 장미꽃을 꺾었으며, 그녀는 그것을 그해 들어 내가 아직 들어가 보지 못했던 자기 방으로 가져다 달라고 부탁했다. 그 순간 나는 얼마나 희망으로 기대가 부풀었던가. 왜냐하면 나는 아직도 내 자신의 서글픔을 자책하고 있었기 때문에, 그녀의 말 한마디가 내 마음의 병을 낫게 할 수 있을지도 몰라서였다.

그 방에 들어서면서 가슴이 설레지 않은 적은 한 번도 없었다. 거기에는 알 수 없는 아늑한 정적이 감돌아 알리사의 모습을 떠오르게 하는 것이었다. 창과 침대 옆벽에 친 커튼의 푸른 그늘, 반들반들한 마호가니 가구들, 방안의 정결함과 단출함, 그리고 그 고요함, 이런 모든 것이 내 마음에 알리사의 티없는 순결함과 사색적인 우아함을 이야기해 주는 것 같았다.

그날 아침, 나는 그녀의 침대 옆 벽에 이탈리아에서 내가 가져다 준 두 장의 커다란 마사치오의 사진이 보이지 않아 깜짝 놀랐다. 어떻게 된 거냐고 막 물어 보려는 참에 내 시선이 바로 그 옆, 그녀가 애독하는 책들을 얹어 두는 선반 위에 멈췄다. 이 조그마한 서가의 절반은 내가 준 책들이고, 절반은 우리가 함께 읽었던 책들로써 조금씩 이루어져 간 것이었다. 헌데, 그 책들이 말끔히 치워지고 그 대신 그녀가 그저 경멸해 주었으면 좋을 듯 싶었던 저속한 신앙심에 대한 너절한 소책자들만이 죽 꽂혀 있는 것에 눈이 갔던 것이다. 문득 눈을 들자 나를 지켜보며 웃고 있는, 그렇다, 웃고 있는 알리사가 보였다.

"미안해."라고 그녀는 얼른 말했다.

"네 얼굴을 보니 웃음이 나오지 않겠어. 내 책꽂이를 보면서 그렇게도 갑자기 얼굴을 찌푸리니……."

나는 농담을 할 기분이 전혀 없었다.

"아니, 알리사, 정말 이것들이 요즈음 읽고 있는 책들이야?"

"그래, 근데 왜 놀라니?"

"지양이 풍부한 양식에 길들여진 지성이라면, 구토증을 느끼지 않고선 저따위 무미건조한 것들엔 이미 아무런 맛을 느낄 수 없게 되었으리라고 생각했어."

"난 네 말을 이해할 수 없구나."

그녀는 말했다.

"이 책들의 지은이들은 최선을 다하여 자기가 생각하는 바를 표현하고 아무런 꾸밈없이 나와 함께 이야기해 주는 겸허한 영혼들이야. 그리고 난 이런 이들과 함께 있는 것이 좋아. 나는 처음부터 알고 있었지만 이 사람들은 결코 미사여구의 함정에 빠지지 않을 거야. 더욱이 이들이 쓴 책을 읽으면서는 어떠한 세속적인 찬양도 하지 않으리라고 말이야.”

“그래, 이젠 이런 것들밖엔 안 읽는 거야?”

“거의 그래. 몇 달 전부터는. 게다가 책 읽을 시간도 이젠 별로 없어. 그리고 솔직히 말하자면 아주 최근에도, 그전에 네가 가르쳐 주어 감탄한 적이 있는, 그 위대한 작가들 중의 어떤 이의 책을 다시 읽으려고 해 보았지만, 결과는 성경에 나오는, 제 키를 한 자만 늘여 보려고 애쓴 사나이와 같이 되어 버렸어.”

“그렇게도 엉뚱한 생각을 일으키게 한 그 ‘위대한 작가’ 란 누구를 말하는 거니?”

“그 작가가 그런 생각을 일으키게 한 것은 아니야, 그 작가의 저서를 읽다보니 그런 생각이 든 거지……. 파스칼이야. 아마 별로 좋지 못한 구절에 부딪쳤던가 봐…….”

나는 안타깝다는 몸짓을 했다. 그녀는 아직 가지런히 매만지지 못한 꽃들에서 눈을 들지도 않은 채 마치 교과서라도 외듯이 맑고도 단조로운 음성으로 이야기했다. 한순간 그녀는 내 몸짓에 멈칫 말을 중단하더니, 이내 똑같은 억양으로 계속 말을 했다.

“그 같은 말의 과장과 노력에는 놀라지 않을 수 없어. 그런데도 그런 것을 증명하는 것은 거의 없잖니. 때때로 나는 파스칼의 그 비장한 어조란 신앙에서라기보다 오히려 회의(懷疑)의 결과가 아닌가하고 생각하

기도 해. 온전한 신앙이란 그토록 숱한 눈물을 흘린다거나 목소리를 떤
다거나 하는 것이 아니거든."

"파스칼의 음성이 아름다운 것은 바로 그런 떨림이고 바로 그 눈물에
있는 거지."라고 나는 반박하려고 했지만 도무지 그럴 용기가 나지 않
았다.

왜냐하면 알리사에게서 내가 소중히 여기며 사랑해오던 그 어떠한 것
도 그녀의 이런 말에서는 찾아볼 수 없었기 때문이었다. 나는 지금 기억
나는 대로 그 말을 옮기고 있다. 그리고 그 일이 지난 후 생각한 기교나
논리를 그 말에 갖다 붙이지는 않는다.

"만일 그가 현세의 생활에서 우선 자기의 즐거움이라는 것을 없애 버
리지 않았다면" 하고 그녀는 말을 이었다.

"현세의 생활은 중요한 영향력을 가지게 되었을 텐데……."

"그러면?" 하고 나는 그녀의 이상스런 이야기에 놀라서 물었다.

"파스칼이 제의하는 그 확실치 않은 지복(至福)보다는 현세의 생활이
더 무거울지도 몰라."

"그럼 너는 파스칼이 말하는 그 지복을 믿지 않는 게로구나?" 하고 나
는 부르짖었다.

"그건 아무래도 좋아!" 하고 그녀는 말을 이었다.

"장사꾼의 거래 같은 온갖 의심을 벗어나기 위해서는 그 지복이 차라
리 불확실한 편이 좋겠어. 신에 열중한 영혼이 덕행에 몰두하는 것은 보
답을 받겠다는 희망에서가 아니라 타고난 고귀함 때문이야."

"파스칼과 같은 고귀한 마음의 안식처를 찾은 그 신비로운 회의주의

라는 것이 바로 거기에서 나온 거야."

"회의주의가 아니야. 장세니즘 — 영혼의 구원은 오직 하나님의 은총에 의하여 가능하다는 교의(敎義) — 이야."

웃으면서 신비로운 그녀는 말했다.

"헌데 그런 게 나와 무슨 상관 있니? 여기에 있는 이 가련한 영혼들은" 하고 그녀는 제 책들이 있는 데로 몸을 돌리면서, "자기들이 장세니스트인지 키에티스트(靜淑主義者) — 오직 하나님의 사랑의 품에서 살되, 자기 영혼의 구원 문제까지도 관심을 갖지 말라는 키에티즘의 신자 — 인지, 그렇잖으면 또 다른 무엇인지 말해 보라면 어지간히 난처해 할 거야. 이들은 마치 바람에 나부끼는 풀잎처럼 아무런 악의도 괴로움도 아름다움도 없이 하나님 앞에 고개 숙이고 있어. 보잘것 없는 존재라고 자처하고서 오직 주 앞에서 자기들 스스로의 모습을 내세우지 않는 것으로써만 어떠한 가치를 얻게 되는 것이라고 알고 있는 거야."

"알리사!" 하고 나는 큰 소리로 불렀다.

"너는 왜 네 날개를 뽑아버리려고 하는 거지?"

그녀의 음성이 너무도 차분하고 자연스러웠기 때문에 그만큼 내 고함 소리는 나에게조차도 우스꽝스럽게 과장된 것 같이 들렸다.

그녀는 고개를 저으며, 다시금 미소를 지었다.

"이번에 파스칼을 읽고서 내게 남은 거라고는……."

"그래 그게 도대체 뭐야?"

그녀가 말을 중단했기 때문에 나는 물었다.

"그리스도의 이 말씀뿐이야. '무릇 자기 목숨을 보존하고자 하는 자는 잃을 것이요' 그 나머지에 대해서는……."

그녀는 더욱 또렷하게 미소를 지으면서, 그리고 나를 똑바로 쳐다보면서 말을 이었다.

"이제는 정말 거의 이해가 되지 않아. 이 눈에 띄지 않는 사람들과 어울려서 얼마 동안 지내다가 위대한 사람들의 숭고함을 대하고 보면, 그런 숭고함이 얼마나 빨리 이쪽을 숨가쁘게 하는지 정말 이상스러울 정도란다."

머리가 혼란해진 나는 대답할 말을 전혀 찾아내지 못했다.

"만일 오늘이라도 너와 함께 이 모든 설교집이니 수상록 등을 꼭 읽어야 한다면 나는."

"그렇지만" 하고 그녀는 말을 막았다.

"네가 이것들을 읽는 것을 보게 된다면 나는 더 서글퍼질 거야! 정말 넌 이런 것들보다는 훨씬 더 나은 것을 위해 태어났다고 난 믿고 있어."

그녀는 극히 간단한 어조로, 그리고 이렇게 우리 두 사람의 삶을 따로 떼어 놓는 이런 말이 얼마나 내 가슴을 찢어 놓는가는 조금도 염두에 없는 기색으로 이야기하고 있었다.

나는 머리가 불붙는 듯하였다. 난 좀더 말하고 싶었고 울고 싶었다. 아마도 그녀가 내 눈물을 보았다면 굴복했을지도 모른다. 그러나 난 벽난로 위로 팔꿈치를 짚고, 얼굴을 두 손으로 감싼 채 잠자코 있었다. 그녀는 내 괴로움이 눈에 띄지도 않는지, 또는 보고서도 못 본 체하는 건지 계속해서 조용히 꽃만 매만지고 있었다.

그때 식사를 알리는 첫 종소리가 울렸다.

“어머나, 이러다간 점심 식사에 늦고 말겠네.” 하고 그녀는 말하였다.

“어서 가 봐.” 그리고는 무슨 장난에 대한 이야기나 했던 것처럼, “이 이야기는 나중에 다시 하기로 하자.” 하고 말했다.

그 이야기는 다시 계속되지 않았다. 알리사는 끊임없이 나를 피하는 듯했다. 결코 일부러 몸을 피하는 것 같지는 않았지만, 다만 우연한 갖가지 일이 훨씬 급박하고도 중요한 요건으로써 불시에 대뜸 면할 길 없이 밀어닥치는 것이었다.

나는 차례를 기다렸다. 그러나 내 차례는 끊임없이 일어나는 집안 살림이라든가, 꼭 하지 않으면 안 되는 곳간 일의 감독이라든가, 소작인들의 가정 방문, 그녀가 점점 더 정성을 기울이는 빈민들의 가정 방문이라든가 하는 일이, 다 끝난 다음에야 가까스로 돌아오는 것이었다. 나에게는 그 나머지 시간, 극히 짧은 시간밖에는 차례가 오지 않았다. 나는 언제나 분주한 그녀를 그저 바라다 볼 뿐이었다.

알리사가 얼마나 나를 소홀히 하고 있는가를, 아마 거의 느끼지 않고 있을 수 있었던 것은 어쩌면 이러한 자질구레한 일에 쫓겼기 때문이고, 또 내가 그러한 그녀의 뒤를 쫓아다니는 것을 스스로 단념했기 때문인지도 모른다. 극히 짤막한 대화도 그런 사실을 더욱더 깨우치게 했다. 알리사가 잠시 동안 틈을 내준다 하더라도, 그것은 사실상 도무지 어설프기만 한 이야기를 주고받기 위해서였고, 그녀는 그런 이야기조차 마치 어린애 장난이나 하는 것처럼 만들어 줄 뿐이었다. 그녀는 멍청하니 웃음을 띠면서 내 곁을 재빨리 지나쳐 다녔고, 나는 그녀를 전연 알지 못했던 사람이라고 생각할 만큼 내게서 멀리 있는 것처럼 느껴졌다. 뿐만 아니라, 간혹 그녀의 미소에서 나는 무언지 모멸과도 같은 것, 적어도 어딘지 비웃음 같은 것이 보이는 것 같았고, 또 그녀가 이렇게 하여 내 욕망을 피하는 것에 재미를 느끼고 있는 것처럼 보이기도 했다. 그러면 나는 이런 비난받을 짓을 하고 싶지도 않았고, 또 내가 그녀에게서 기대할 수 있는 것이 무엇인지, 내가 그녀를 비난할 수 있는 것이 무엇인지 이미 잘 알 수 없게 되어 모든 불평 불만을 스스로에게 돌리곤 했다.

이렇게 해서, 내가 그토록 행복을 기대했던 며칠은 흘러가 버렸다. 나는 그날들이 달아나 버리는 것을 멍하니 바라볼 뿐 날짜의 수효를 늘어본다거나 시간의 흐름을 늦추고 싶지도 않았다. 그만큼 나의 고통은 하루하루 깊어만 갔던 것이다.

그렇지만 내가 떠나기 전전날, 알리사가 나를 동반하여 폐광이 된 이회암 채굴터의 벤치에 갔을 때 — 안개 한 점 없는 지평선에 이르기까지 모든 것이 하나하나 파랗게 물들어 있는 것 같이 보이고, 흘러가 버린 지난날의 가장 어렴풋한 추억까지도 또렷하게 헤아려지는 듯한 맑은 가을 오후였다. — 나는 원망을 참을 수가 없어, 오늘의 불행이 어떤 행복을 잃었기에 이처럼 된 것인가를 말하였다.

"하지만 내가 어떻게 할 수 있겠니?" 라고 그녀는 대뜸 말했다.

"넌 지금 어떤 환영(幻影)에 대한 사랑에 빠져 있는 거야."

"아니야, 결코 환영에 대해서가 아니야, 알리사."

"상상적인 어떤 인물과……."

"아! 난 그런 걸 만들어 내는 건 아냐. 알리사는 내 애인이었어. 나는 그녀를 기억하고 있어. 알리사! 알리사! 너는 내가 사랑하던 여자였단 말야. 너는 그때의 너를 어떻게 해 버린 거지? 무엇이 돼 버린 거냐고?”

그녀는 고개를 숙이고 한 송이의 꽃잎을 천천히 뜯으면서 얼마동안 아무 대꾸 없이 가만히 있었다. 그러다가 마침내,

“제롬, 왜 그전보다는 나를 덜 사랑한다고 아주 솔직히 말하지 않지?”

“그건 사실이 아니기 때문이야. 사실이 아니기 때문이라고!” 라고 나는 격분하여 소리쳤다.

“내가 이보다 더 널 사랑한 적은 없기 때문이야.”

“나를 사랑한다고? 하지만 너는 예전의 나를 아쉬워 하고 있는 거야.”

억지로 미소를 지으려고 하면서, 살짝 어깨를 들어올리면서 그녀는 말했다.

“나는 내 사랑을 과거에다 붙들어 놓을 수는 없어.”

땅이 내 발 밑에서 꺼지는 것 같았다. 나는 아무 것에나 매달리고 싶었다.

“사랑도 다른 모든 것과 함께 흘러가 버리는 거야.”

“내 사랑은 죽는 날까지 나와 함께 있을 거야.”

“그것도 차츰 쓰러져 갈 거야. 제롬이 지금도 사랑한다고 주장하는 그 알리사는 이미, 이젠 제롬의 추억 속에 있을 뿐이야. 언젠가는 알리사를 사랑한 적도 있었지 하는 기억밖에 남지 않을 날이 올 거야.”

“너는 마치 다른 무엇이 내 가슴속에서 너를 대신할 수 있다거나, 또는 내 마음이 이젠 더 사랑을 해서는 안 되게 되었다는 투로 말하는구나. 네 자신이 나를 사랑해왔다는 것은 이젠 더 생각나지도 않니? 그렇지 않

고서야 나를 괴롭히는 게 이렇게 즐겁게 보일 수가 있을까?"

나는 그녀의 창백한 입술이 바르르 떨리는 것을 보았다. 거의 알아들을 수 없는 목소리로 그녀는 중얼거렸다.

"아냐 아냐, 알리사의 마음은 변치 않았어."

"아니 그럼, 아무것도 변한 것은 없잖아?" 하고 나는 그녀의 팔을 꼭 잡으며 말했다. 그녀는 더 자신있게 말을 이었다.

"한마디면 모든 게 다 설명될 거야. 왜 터놓고 말 못하니?"

"무슨 말?"

"내가 나이가 많다는 것."

"그만 둬……."

나는 곧장 나도 또한 그녀 못지 않게 나이를 먹었고, 우리 두 사람의 나이 차이는 예전이나 다름없다고 말했다. 그러자 그녀는 다시 침착해 있었다. 유일한 기회는 이렇게 해서 지나가 버렸다. 나는 말다툼에 이끌려 듬으로써, 유리했던 점을 완전히 포기해 버리고 말았다. 나는 어찌할 바를 몰랐다.

이틀 후에 나는 퐁그즈마르를 떠났다. 그녀와 내 자신에 불만을 품으면서, 또 내가 그때까지도 '미덕' 이라고 부르던 것에 대해 막연한 혐오와 내 마음속에 늘 자리잡고 있는 집념에 대하여 원한을 품으면서. 그 마지막 해후에서, 나는 내 사랑의 과장, 바로 그것 때문에 나는 내 모든 열정을 다 소비해 버린 것 같은 느낌이었다. 처음에 내가 반대해 보려던 알리사의 말 한마디 한마디가 내 항변이 끝나 버린 다음에도 여전히 생생하고 의기양양하게 내 마음속에 머물러 있는 것이었다.

그래, 그녀의 말이 옳았는지도 몰라! 나는 하나의 환영만을 소중히 여기고 있는 것이다. 내가 사랑했었고, 지금도 내가 사랑하고 있는 알리사는 이미 존재하지 않는다……. 그래, 분명히 우리는 나이를 먹었다! 내 가슴을 온통 얼어붙게 한 소름끼치는 그녀의 멋없는 변화도, 결국 따져 보면 본래의 상태로 돌아갔다는 것에 지나지 않는다. 만일 내가 조금씩 그녀를 한층 더 높이 떠올리고, 내가 좋아하는 모든 것으로 그녀를 장식해 하나의 우상으로 만들었다고 한들, 그러한 내 수고에서 지금은 피곤 이외의 그 무엇이 남아 있는가? ……혼자 있도록 내버려두자마자 곧 알리사는 자기의 수준, 그 평범한 수준으로 다시 내려와 버렸으며, 나 자신도 그 수준에까지 다시 내려와 있었다.

그러나 난 그 수준에서는 이미 그녀를 더 사랑하고 있지 않았다. 아! 나 혼자만의 노력으로써 그녀를 올려놓았던 그 높은 곳에서 다시 그녀와 만나려면 그 덕행에 대한 힘든 노력도 이제는 얼마나 터무니없고 꿈같이 여겨지는 것인가? 조금만 긍지(矜持)가 덜했던들 우리의 사랑은 힘들지 않았을 것이다. 그러나 대상을 잃은 사랑에 집착한다는 것이 이제부터는 무슨 의미가 있겠는가? 그것은 고집이라는 것이다.

그것은 이미 충실한 것도 아니다. 구태여 충실하다고 말해 본들 무엇에 대한 충실일 것인가? 그것은 하나의 과오에 대한 충실일 따름이다. 가장 현명한 것은 내가 잘못 생각하고 있었다는 것을 시인해버리는 것이 아닐까?

그러던 차에 아테네 학원 — 고대 그리스의 문화 연구를 위해 프랑스

정부가 아테네에 세운 학교 — 의 추천을 받고서, 나는 아무런 야망도
흥미도 없이 다만 떠난다는 생각에 무슨 탈출이나 하는 것처럼 기꺼이,
당장 입학을 승낙하였다.

8

　그런데도 나는 또다시 알리사를 만났다. 그건 3년 후로 여름이 끝날 무렵이었다. 나는 그 이전에 그녀를 통하여 외삼촌의 죽음을 알았었다. 그때 내가 여행하고 있던 팔레스티나에서 곧장 그녀에게 꽤 긴 편지를 보냈지만, 회답이 없는 채로 있었다.

　르아브르에 있던 내가 어떤 구실을 만들어 자연스럽게 퐁그즈마르에 갔었는지 기억나지 않는다. 알리사를 거기서 만나게 되리라는 것은 알고 있었지만, 그녀가 혼자 있지 않으리라는 것이 마음에 걸렸다. 나는 그곳에 간다는 것을 미리 알리지 않았다. 여느 때의 방문처럼 나타나는 것이 싫어서 나는 막연하게 찾아갔던 것이다. 들어갈까? 아니면, 차라리 만나지도 말고, 구태여 만나보려고 애쓰지도 말고, 그냥 되돌아서 버릴까? ……그래, 그렇게 하자. 가로수길이나 산책하자. 어쩌면 지금도 그녀가 가끔 와 앉을지도 모르는 그 벤치에나 앉아 볼까. 그러나 벌써부

터 나는 내가 떠나 버린 다음에라도 내가 왔었다는 것을 그녀에게 알려
줄 수 있는 무슨 표적을 뒤에 남길 것인가를 궁리하고 있었다……. 이런
생각을 하면서, 나는 느린 걸음으로 걷고 있었다. 그녀를 만나지 않기로
결심을 하고 나자, 나의 가슴을 조이던 조금은 쓸쓸한 슬픔이 거의 달콤
한 우울로 바뀌는 것이었다. 벌써 나는 가로수길에 이르렀고, 나는 들키
지나 않을까 걱정하여, 농가의 마당을 경계 짓는 비탈을 따라 길 가장자
리를 걸어갔다. 나는 정원 안을 내려다볼 수 있는 비탈의 한 지점을 알
고 있었다. 나는 거기로 올라갔다. 내가 알지 못하는 한 정원사가 오솔
길의 잡초를 긁어모으고 있었으나 이윽고 내 시야에서 멀어져갔다. 새
울타리가 안마당을 둘러싸고 있었다. 내가 지나가는 발자국 소리를 듣
고 개가 짖어댔다. 좀더 나아가서 나무가 늘어선 길 끝에 이르러 정원이
흙담에 마주치자 오른쪽으로 돌았다. 빠져나온 길과 병행하는 너도밤나
무 숲이 있는 곳으로 가는 도중, 채소밭의 작은 문 앞을 지나는 순간, 그
대로 정원에 들어가 볼까 하는 생각이 불쑥 나를 사로잡았다.

문은 잠겨 있었다. 그러나 안쪽 빗장이 별로 튼튼하지 못하여 어깨를
대고 한 번만 밀어도 부서질 정도였다. 바로 그때 발자국 소리가 들렸기
에 난 흙담의 움푹 패인 곳에 몸을 숨겼다. 정원에서 나온 사람이 누구
인지는 볼 수도 없었다. 그러나 그 발자국 소리를 듣고서 알리사라는 것
을 느꼈다.

그녀는 앞으로 몇 걸음 나서더니 힘없이 불렀다.

"제롬, 너니?"

마구 뛰던 내 심장이 멈췄다. 꽉 메인 목에서는 한마디의 말도 나오지

못하는데, 그녀는 더 크게 불렀다.

"제롬! 너지?"

이렇게 나를 부르는 그녀의 목소리를 듣자, 온몸을 조이는 감동이 너무도 벅차 나도 모르게 무릎을 꿇어 버렸다. 여전히 내가 대답을 못하고 있자, 알리사는 몇 걸음 앞으로 나와 흙담을 돌았다. 그러자 나는 느닷없이 내 몸에 그녀를 얼른 쳐다보기가 두려운 듯이 팔로 얼굴을 감춘 내 몸에 그녀가 느껴졌다. 그녀가 잠시 나에게 몸을 숙인 채로 있는 동안 나는 그녀의 가냘픈 두 손에 마구 입을 맞추었다.

"왜 숨어 있었니?"

3년 동안의 이별이 마치 며칠밖에 되지 않는 것처럼 그녀는 다만 이렇게 말했다.

"나라는 걸 어떻게 알았니?"

"난 너를 기다리고 있었는걸."

"네가 날 기다리고 있었다고?"

나는 말했다. 나는 너무도 놀라서 그녀의 말을 의아한 듯이 되풀이 할 수밖에 없었다……. 내가 여전히 무릎을 꿇고 있는 것을 보자, "벤치 있는 데로 가자."하고 그녀는 말했다. "그래, 나는 너를 다시 한 번 더 만나게 되리라는 걸 알고 있었어. 사흘 전부터, 저녁마다 나는 여기에 와서 오늘밤에 한 것처럼 너를 불렀어……. 왜 대답을 하지 않았니?"

"만일 네가 갑자기 오지 않았더라면 난 너를 만나지도 않고 떠나버렸을 거야."라고 처음에 기절할 것 같이 아찔했던 감동을 억누르며 말했다. "마침 르아브르를 지나던 길이기에, 저 가로수길이나 산책하며 정원 둘레도 빙 돌아보고, 지금도 네가 와서 앉을 듯싶은 이회암(泥灰巖) 폐광터에 있는 그 벤치에서 잠시 쉬어볼까 했던 것뿐이야. 그리고……."

"사흘 전 저녁부터 내가 여기에 와서 무엇을 읽었는지 좀 보렴."

그녀는 내 말을 막으면서 말했다. 그리곤 편지 묶음을 내게 내밀었다. 내가 이탈리아에서 써 보냈던 편지들임을 알았다.

그 순간 나는 눈을 들어 그녀를 바라보았다. 그녀는 엄청나게 변해 있었다. 그녀의 야위고 창백한 모습이 나의 가슴을 무섭게 조여왔다. 내 팔에 기대고 의지하면서, 마치 추위나 무서움을 타듯 내게 바짝 붙었다. 그녀는 아직도 정식 상복 차림이었고, 그래서 모자 대신 쓰고 있던 검정 레이스가 그녀의 얼굴을 둘러싸고 있어 더욱더 창백하게 보이도록 했는지 모른다. 그녀는 미소짓고 있었으나 실신할 것처럼 보였다.

나는 요즈음도 퐁그즈마르에 그녀 혼자 있는지 어떤지 알고 싶어 물어보았다. 혼자는 아니었다. 로베르가 그녀와 함께 거기서 살고 있는 것이었다. 줄리에트와 에두아르, 그리고 그들의 세 아이들도 그들 곁에서 8월을 지내려고 왔었다는 것이었다…….

우리는 벤치에 다가가서 앉았다. 그리고서도 얼마 동안은 평범한 소식을 주고받는 것으로써 대화를 질질 끌었다. 그녀는 내 일에 관해 궁금해했다. 나는 마지못해 대답을 했다. 이제는 내 일이 더 이상 나의 흥미를 끌지 못하고 있다는 걸 그녀가 알아 줬으면 싶었다. 그녀가 전에 나를 실망시켰던 것과 마찬가지로, 이번에는 내가 그녀에게 실망을 느끼게 해주고 싶기도 했다. 생각대로 되었는 지는 지금도 모르지만, 아무튼 그녀는 조금도 그런 내색을 보이지 않았다. 나로선 원망과 사랑이 동시에 마음에 가득 차 있었기 때문에 될 수 있는 대로 퉁명스럽게 말하려고 애썼다. 그러나 이따금 복받쳐 올라오는 감동에 말 소리가 떨려나와 스스로도 원망스러웠다.

조금 전부터 한 조각 구름에 가리어 있던 석양이 우리 맞은편 지평선에 닿을락 말락하게 다시 나타났다. 그리고 텅 빈 들판을 떨리는 낙조로 채우고, 우리들의 발 밑에 퍼져 있는 좁은 골짜기를 갑자기 붉은 빛으로 메우다가 이윽고 사라지고 말았다. 나는 그것에 현혹되어 말없이 앉아 있었다. 나는 원망하는 마음이 사라지게 하는 그런 금빛 찬란한 황홀감이 아직도 나를 감싸고 온몸으로 스며드는 것을 느꼈다. 이젠 내 마음속에서는 사랑의 소리밖에 들리지 않았다. 나에게 몸을 숙인 채 기대고 있던 알리사는 다시 몸을 일으켰다.

그녀는 블라우스 속에서 얇은 종이로 싼 아주 섬세한 작은 상자를 꺼내, 내게 그것을 내밀려다가 그만둬 버렸다. 망설이는 것 같았다. 내가 놀라서 그녀를 쳐다보고 있으려니까,

"제롬, 들어봐. 여기에 들어 있는 건 내 자수정 십자가 목걸이야. 오래 전부터 네게 주고 싶었기 때문에 사흘 전부터 가지고 다녔어."

"나보고 이걸 어떡하라는 거야?"

나는 퉁명스럽게 말했다.

"나에 대한 추억으로 이걸 간직하다가 네 딸에게 주었으면 하고."

"무슨 딸 말이야?"

나는 무슨 말인지 깨닫지 못하고 알리사를 바라보며 소리쳤다.

"내가 하는 말을 침착하게 잘 들어줘, 제발. 아니, 그렇게 쳐다보지는 말고. 벌써부터 네게 말하기가 몹시 힘들어. 하지만 이건 네게 꼭 말하고 싶어. 제롬, 들어봐. 어느 날엔가 너도 결혼할 게 아니니? ……아냐, 내 말에 대답하진 마. 내 말을 막지 말고, 제발 내가 바라는 건 다만, 내가 너를 몹시 사랑했었다는 것을 네가 기억해 주었으면 하는 것 뿐이야. 그래서 ……벌써 오래 전부터 ……삼 년 전부터 ……나는 네가 좋아하던 이 작은 십자가를, 네 딸이 어느 날엔가 내 기념으로 그걸 달리라는 것을 생각해 왔어. 오! 물론 누구 것인지는 모르고서……. 그리고 어쩌면 그애에겐 ……내 이름을 붙여 줄 수도 있을 거라고……."

목이 메어 그녀는 말을 멈췄다. 나는 거의 적의를 품고 소리쳤다.

"알리사가 직접 그애에게 주지 않는 것은 뭣 때문이지?"

그녀는 더 말하려 하지 않았다. 그녀의 입술은 흐느끼는 어린애의 입술처럼 떨리고 있었다. 그렇지만 그녀는 눈물을 흘리지 않았다. 이상하리만큼 빛을 뿜는 그녀의 눈길은 그녀의 얼굴을 초인간적이고 천사 같은 아름다움으로 물들이고 있었다.

"알리사! 내가 도대체 누구하고 결혼하겠니? 난 너밖에 사랑할 수 없다는 것을 너도 이미 알고 있으면서……."

그리고는 별안간 미친 듯이 거의 난폭하다고 할만큼 그녀를 내 팔 안에 끌어 안으며 그녀의 입술에 키스를 퍼부었다. 나는 얼마 동안 온몸을 내맡긴 듯이 반쯤 몸을 뒤로 젖히고 있는 그녀를 꼭 안고 있었다. 그녀의 눈길이 그늘져 가는 것이 보였다. 그러자 눈꺼풀이 차츰 닫혀지고,

더할 수 없이 분명하고도 아름다운 음성으로,

"우리 둘을 불쌍히 여겨 줘, 제롬! 아! 우리의 사랑을 망가뜨리지 마."

아마 그녀는 이렇게 말했으리라, "비열한 짓 하지 마!"라고. 아니, 어쩌면 그건 내가 나 자신에게 한 말인지도 모른다. 이제는 잘 생각나지 않는다. 아무튼 갑자기 그녀 앞에 몸을 던져 무릎을 꿇고 그녀를 경건하게 내 팔로 감싸면서, 이렇게 말했다.

"그렇게 나를 사랑했으면서 언제나 날 밀쳐냈던 건 웬일이지? 잘 들어봐! 처음에 난 줄리에트의 결혼을 기다렸어. 너 역시 그애의 행복을 기다리는 거라고 생각했었어. 그리고 그녀는 지금 행복해. 그건 네가 해준 말이기도 하지. 그 다음은 네가 계속해서 네 아버지 곁에서 살고 싶어하는 거라고 난 오랫동안 믿어왔어. 하지만 이젠 우리 단 둘뿐이야."

"오! 지나간 일을 아쉬워하진 마."

그녀는 중얼거렸다.

"이미 나는 미련 없이 지난 일들은 잊었어."

"그러나 아직도 늦지는 않아, 알리사."

"아니야, 제롬, 이젠 늦었어. 우리가 사랑을 통하여 서로 사랑보다 더 훌륭한 것을 막연하게 예감한 그날로부터 때는 이미 늦었던 거야. 제롬 덕택에 내 꿈은 인간적인 만족이 전락시킬 수 없을 만큼 높이 올라갔어. 나는 종종 우리가 서로 같이 생활하는 것이란 어떤 것일까 하고 곰곰이 생각해 봤어. 그렇지만 혹시 우리의 사랑이 더 이상 완전치 못하게 되면 바로 그 순간부터, 나는 견딜 수 없을 것 같았어……. 우리의 사랑을."

"서로가 없는 우리의 삶이 어떻게 되리라는 것도 생각해 보았어?"

“아니 한 번도.”

“이제는 너도 알 거야! 삼 년 전부터 나는 너 없이 고통스럽게 헤매 다녔어…….”

밤이 내리고 있었다.

“추워.”하며 몸을 일으키고는 내가 다시 자기의 팔을 붙잡지 못하도록 숄을 바짝 덮으면서 그녀는 말했다.

“우리를 불안하게 만들고, 또 혹시 우리가 잘못 이해하고 있는 게 아닐까 하고 궁금하게 하던 그 성경 구절을 기억하겠지. 하나님께서는 우리를 위하여 더 좋은 것을 마련해 두셨기 때문에 그들은 그 약속되었던 것을 얻지 못하였느니라…….” (「히브리서」 11장 39~40절)

“그 말을 너는 아직도 믿고 있니?”

“그걸 믿어야 해.”

우리는 잠시동안 아무 말 않고 나란히 걸었다. 그녀가 말을 이었다.

“그걸 생각해 보렴, 제롬. 그 ‘더 좋은 것’ 을!”

그러자 그녀의 눈에선 갑자기 눈물이 솟아 나왔다. 그러면서 그녀는 여전히 되풀이하고 있었다.

“그 ‘더 좋은 것’ 을!” 이라고.

우리는 조금 전 그녀가 나오는 것을 보았던 채소밭의 그 작은 문 앞에 또다시 오게 되었다. 그녀는 나를 돌아보았다.

“잘 가!”

그녀가 말했다.

“아니, 더 이상 오지 말아. 아듀, 나의 사랑하는 벗. ‘더 좋은 것’ 은 이제부터 시작이야……."

한동안 그녀는 나를 바라보았다. 나를 붙잡는 듯, 또 자기로부터 나를 밀어내는 듯 팔을 내밀어 내 어깨에 손을 얹고는 무어라 형언할 수 없는 사랑이 가득 찬 눈으로…….

문이 닫히고, 문 뒤에서 빗장을 지르는 소리가 들리자, 나는 더 참을 수 없이 복받쳐 오르는 절망에 사로잡혀 그 문에 기댄 채 쓰러졌다. 밤이 깊도록 오랫동안 눈물을 흘리고 흐느끼면서 움직이지 않고 있었다.

그러나 그녀를 붙들고, 그 문을 억세게 밀어붙이고, 어떻게 해서든 집 안으로 — 하긴 내가 못 들어가도록 잠겨 있지도 않았겠지만 — 들어갔더라면…… 하지만 아니다. 모든 과거를 되살리기 위하여 옛날로 되돌아가는 오늘에 와서도 역시…… 아니다. 그것은 내게 있어 불가능한 일이다. 현재의 나를 이해하지 못하는 사람은 그때까지의 나도 전혀 이해하지 못했을 것이다.

견딜 수 없는 불안 때문에 나는 며칠 후 줄리에트에게 편지를 썼다. 그녀에게 나는 그의 퐁그즈마르 방문을 이야기했고, 알리사의 창백함과 야윈 모습이 얼마나 나를 놀라게 하였는지를 말했다. 나는 알리사의 건강을 돌보아줄 것과 이제는 알리사에게서는 더 기대할 수 없으니 소식을 내게 알려 주도록 부탁했다.

그 뒤 한 달도 못 되어 나는 다음과 같은 편지를 받았다.

그리운 제롬,

너무도 슬픈 소식을 전해야겠어. 우리의 가엾은 알리사는 이제 이곳에 있지
않아……. 슬프게도! 오빠의 편지가 보여주던 근심들은 정말로 근거가 있는
것이었어. 몇 달 전부터, 언니는 꼭 어디 아픈 것도 아닌데 쇠약해져 갔어.
그래도 내 간청에 못 이겨 언니는 르아브르에 있는 A박사의 진찰을 받기로
승낙했지. 그리고 A박사는 언니는 아무렇지도 않았다고 편지를 보내 주었
어.

그런데 제롬이 언니를 만난 지 사흘 후에 언니는 갑자기 퐁그즈마르를 떠나
버렸어. 언니의 출발을 내가 안 것은 로베르의 편지를 통해서야. 언니가 내
게 편지한다는 일은 좀처럼 드문 일이기 때문에 로베르가 아니었더라면 언
니의 도피에 관해서 나는 아무것도 몰랐을 거야. 언니에게 소식이 없다고
해서 이상하게 여기지는 않았을 테니까. 로베르에게는 언니가 그처럼 떠나
게 내버려 둔 것과 파리까지 동반하지 않은 것에 대해 몹시 나무랐어. 그때
부터 언니의 주소도 모른 채 있었다면 믿겠어? 언니를 만날 수도 없고 편지
조차도 보낼 수 없게 되어 내가 얼마나 애를 태우고 있는지 짐작할 수 있겠
지?

며칠 후에 로베르가 파리에 갔었지만 아무것도 알아내지 못했어. 그 앤 어
찌나 꾸무럭거리는지 그애의 성의를 의심할 정도였어, 그래서 경찰에 신고
할 수밖에 없었어. 우리는 그렇게 고통스러운 불안 속에 더 이상 가만히 앉
아 있을 수만은 없었던 거야. 에두아르가 출발해 가지고 드디어 언니가 피
신해 있던 조그만 요양원을 찾아냈어.

하지만 슬프게도! 때는 이미 늦었어. 나는 언니의 사망을 알리는 요양소 소

장의 편지와 함께 언니의 임종조차도 지켜보지 못했다는 에두아르의 전보를 동시에 받았어, 마지막 날, 언니는 우리가 기별을 받을 수 있도록 우리 주소를 한 장의 봉투에다 적어 놓았고, 다른 한 장의 봉투에는 르아브르의 우리 공증인에게 유언을 적어 부쳤던 편지의 사본을 넣어두었던 거야. 그 편지의 한 구절은 오빠에 관한 것이라고 생각돼. 곧 그걸 알려줄게.

에두아르와 로베르는 그저께 치렀던 장례식에 참석할 수 있었대. 상여를 따라간 사람은 그들만이 아니었대. 요양원의 환자 몇 사람이 꼭 장례식에 참석하고 싶다며 묘지까지 상여를 따라가겠다고 나섰대. 나는 다섯 번째 아이의 해산을 오늘내일 하고 기다리고 있는 처지라서 섭섭하게도 긴 여행을 할 수가 없었어.

그리운 제롬, 언니의 죽음이 얼마나 오빠를 슬프게 할 것인가를 잘 알고 있어. 나도 찢어지는 듯한 가슴으로 이 편지를 쓰고 있어.

이틀 전부터는 자리에서 일어나지도 못하게 되어 지금 이 편지도 간신히 쓰고 있어. 그러나 나 아닌 다른 사람에게 — 에두아르나 로베르에게 일지라도 — 우리 두 사람만이 이해할 수 있었던 알리사에 관한 이야기를 맡기고 싶지는 않았어. 이처럼 나도 다 늙은 가정주부가 되어 버린 지금, 그리고 쌓이고 쌓인 잿더미가 불타오르던 과거를 뒤덮어 버린 지금은 오빠를 다시 만나고 싶어해도 괜찮겠지. 언제라도 여행을 하거나 볼일이 있어 님므에 오게 되면 에그비브까지 와 줘. 에두아르도 제롬을 알게 되는 것을 기뻐할 것이고, 두 사람 다 알리사에 관한 이야기를 할 수도 있을 거야.

아듀, 그리운 제롬.

무척 서글픈 마음으로 키스를 보낸다.

　며칠 후 나는 알리사가 퐁그즈마르의 집을 로베르에게 남겨 주었으나, 제 방에 있던 모든 물건과 그녀가 지시한 몇 가지 가구만은 줄리에트에게 보내도록 부탁했다는 것을 알았다. 알리사가 내 이름을 적어 봉함에 둔 서류는 곧 받아보기로 되어 있었다. 그리고, 또 내가 마지막 방문 때에 받기를 거절했던 그 작은 자수정 십자가를 자기 목에 달아 달라고 부탁하였다는 것을 알았다. 그 부탁이 이루어졌다는 것은 에두아르를 통해 알았다.

　공증인이 내게 보내준 봉함 봉투에는 알리사의 일기가 들어 있었다. 그 일기의 많은 페이지 분을 여기에 옮겨보겠다. 아무런 설명도 붙이지 않고 그대로 옮기겠다. 여러분들은 내가 이 일기를 읽으면서 무엇을 생각했으며, 또 너무나도 미흡하게 나타낼 수밖에 없었던 내 마음의 혼란을 충분히 짐작할 수 있으리라.

알리사의 일기

에그비브에서

그저께 르아브르 출발, 어제 님그 도착. 나의 첫 여행! 집안일이나 부엌일에 대한 아무런 걱정없이 계속되는 나태 속에서, 1887년 5월 23일, 내 스물다섯 번째의 생일 날.

나는 일기를 쓰기 시작한다. — 무슨 큰 즐거움은 없지만 그저 좀 벗을 삼아보려는 것이다. 아마도 난생 처음으로 홀로 있다는 느낌이 가슴에 밀려와서 인 듯 하다. — 낯설고, 거의 이방이라고 할 수 있는, 그리고 아직 아무런 인연도 맺지 못했던 고장에서 이 땅이 나에게 들려 줄 것도 필경 노르망디 지방이 내게 들려주었던 것이나, 퐁그즈마르에서 줄기차게 들었던 것과 별로 다를 게 없다. — 왜냐하면 하나님은 어디서나 변함이 없으시니까. — 그렇지만 이 고장, 이 남부 지방은 내가 아직 배우지 못한 언어를 쓰고 있어서 난 놀라운 마음으로 그 말에 귀기울인다.

5월 24일

줄리에트는 내 곁의 긴 의자 위에서 졸고 있다. 정원에 잇닿은 모래 깔린 안마당과 엇비슷한 높이이고, 또 이탈리아 풍으로 지은 이 집의 매력을 이루는 활짝 트인 회랑(回廊) 안에서……. 줄리에트는 그 긴 의자에 앉은 채로, 저 너머 잡색의 집오리 떼가 뛰놀고 두 마리 백조가 헤엄치고 있는 연못에 이르기까지 이랑져 펼쳐 있는 잔디밭을 볼 수가 있다.

어떠한 여름에도 마르는 일이 없다는 시냇물이 이 연못에 물을 대준 다음, 갈수록 더욱더 야생의 덤불로 변해가는 정원을 가로질러 흐르고, 메마른 벌판과 포도밭 사이에 끼어서 점점 좁혀 지다가 이내 완전히 잘리고 만다.

……에두아르 테시에르는 어제 내가 줄리에트 곁에 남아 있는 동안 아버님에게 정원, 농장, 지하실, 포도밭 등을 구경시켜 드렸다. 그래서 나는 이른 아침에 혼자서 이것저것 살피며 공원 안을 산책할 수 있었다. 이름을 알 수 없는 많은 초목들, 그 이름들을 가르쳐 달라고 하기 위해 그것들의 잔가지 하나씩을 꺾었다. 제롬이 빌라 보르게에즈 — 로마에 있는 박물관의 하나. 아름다운 정원으로 유명하다. — 라든가, 드리아 팡필리 — 제노아에 있는 자연과학 박물관 — 에서 눈여겨보았다던 푸른 떡갈나무가 그 가운데 끼어 있는 것을 알아냈다. 우리가 사는 북프랑스의 나무들과는 거의 같은 종류에 속하지만 모양은 전혀 다르다. 이 나무들은 정원이 거의 끝나는 곳에서 좁고도 신비로운 빈터를 둘러싸고 있었다. 그리고 발의 감촉이 부드러운 잔디밭 위로 늘어져 요정(妖精)

들의 합창을 권유하는 듯했다. 퐁그즈마르에 있을 때는 그처럼 깊이 기독교적이던 나의 자연관이 이곳에 오자, 나도 모르게 얼마간 신화적으로 변하여 갔는데 이것은 놀라우면서도 거의 두렵다 할 지경이다. 그러나 점점 더 나를 억누르던 그 두려움 비슷한 느낌도 역시 종교적인 것이었다. 나는 "hic nemus(여기에 있는 것은 성스러운 숲이니)"라고 중얼거렸다. 공기가 수정 같이 맑았고, 이상스러운 침묵이 감돌고 있었다.

나는 올페(오르페우스. 그리이스 신화에 나오는 음악가이자 시인)라든가 아르미드(아르테미스 탓소의 「해방된 예루살렘」 중에 나오는 마력을 가진 여성)에 대한 생각을 하고 있었다. 바로 그때, 별안간 새 소리가 들려왔다. 그 소리는 바로 내 곁에서 울려 왔으며, 너무나도 감동적이고 맑았기 때문에 모든 자연이 그 소리를 기다리고 있었다는 느낌이 불현듯 떠올랐다. 가슴이 마구 뛰었다.

한동안 나무에 기대 있다가 누군가 일어나기 전에 집으로 돌아왔다.

5월 26일

여전히 제롬에게서는 편지가 없다. 르아브르로 편지를 보냈다고 해도 내게 전송되었을 터인데…….

나의 불안한 마음은 오직 이 일기장에만 털어놓을 수 있을 뿐이다.

어제 보오까지 갔었던 소풍도, 사흘 전부터 올리던 기도도 내 기분을 불안에서 벗어나게 하지는 못했다. 오늘은 여기에 다른 무엇도 쓸 수가 없다. 에그비브에 도착한 이래로 나를 괴롭히는 야릇한 우울감도 무슨 이유가 있어서 그러는 것은 아니다. 그런데도 이 우울감이 너무나 내 마음속 깊은 곳에서 느껴지는 것이기 때문에 오래 전부터 그곳에 뿌리박고 있었던 것 같다. 또 내가 자랑스럽게 여기던 기쁨이라는 것도 정말은 이 우울감을 감싸고 있었던 것에 지나지 않는 것 같다.

5월 27일

무엇 때문에 나는 내 자신을 속이려는 것일까? 내가 줄리에트의 행복을 기뻐하고 있는 것은 다만 이론적인 것일 뿐이다. 내가 그리도 바라던 행복, 내 행복을 희생하면서까지도 주고 싶었던 그 행복이 아무런 고통도 없이 주어지는 것을 보고서 나는 괴로워하고 있다.

얼마나 복잡한 얽힘인가! 그래…… 줄리에트가 제 행복을 내 희생밖의 다른 곳에서 찾아냈다는 것과 그녀가 행복해지기 위해서는 구태여 내 희생이 필요하지 않았다는 것에 대하여, 내 마음속에 되돌아온 무서운 이기주의가 분개하고 있다는 것을 나는 잘 안다.

그리고 제롬의 침묵이 내게 얼마나 불안감을 야기시키는가를 느낌에 따라, "나는 그러한 희생이 정말로 내 마음속에서 이루어졌던 것인가?"라고 나는 지금 생각하고 있다. 하나님께서 이제는 그러한 희생을 내게서 요구하지 않으신다고 생각하니 모욕을 당한 것 같은 느낌이 든다. 그렇게도 나에게는 그러한 능력이 없었던 것일까?

5월 28일

나의 슬픔을 이렇게 분석한다는 것은 얼마나 위험한 일인지!

벌써 나는 이 일기장에 매달리고 있다. 극복했다고 믿고 있던 간사했던 마음이 여기서 또다시 자기의 권리를 주장하는 것일까? 아니다. 이 일기는 그 앞에서 내 영혼이 단장을 하는, 그런 아침의 거울이어서는 안 된다! 처음에 내가 생각했듯이, 내가 일기를 쓰는 것은 할 일이 없기 때문이 아니라 슬픔 때문이다.

슬픔은 '죄악의 상태' 이다. 그리고 그것은 내가 잊어버리고 있었던 것이며 지금 내가 증오하고, 그것으로부터 내 영혼을 '단순하게' 하고자 원하는 것이다. 이 일기는 내 마음속에 그 행복이 다시 깃들도록 나를 도와 주어야 한다.

슬픔이란 복잡한 것이다. 결코 난 내 행복을 분석하려고 애쓴 적은 없다.

퐁그즈마르에서도 나는 역시 나 혼자였다. 지금보다도 더 혼자였다……. 그런데 왜 나는 그걸 느끼지 못했을까? 그래서 제롬이 이탈리아에서 편지했을 때도 난 그가 나 없이도 구경을 하고, 나 없이도 살아나가는 것을 그대로 받아들였었고, 생각으로나마 그를 따라 다녔고, 그의 기쁨을 내 기쁨으로 삼았었다. 그러나 지금은 나도 모르게 그를 부르고 있다. 제롬없이 내가 보는 모든 새로운 것들이 나를 괴롭게 한다……

6월 10일

시작한 지도 얼마 안 되어 이 일기는 오랫동안 중단되었었다. 귀여운 리즈의 출생. 줄리에트 곁에서 보낸 긴 밤들, 제롬에게 편지로 쓸 수 있는 모든 것도, 여기에다가는 쓸 마음이 내키지 않는다. 많은 여성들에게 공통되는 그 견딜 수 없는 결점인 '너무 많이 쓴다'는 것을 나는 삼가고 싶다. 이 노트를 자기 완성의 도구로 생각할 것.

이 다음에는 책을 읽으면서 필기해 둔 것과 베껴 둔 구절 등으로 몇 페이지가 계속되었다……. 그리곤 다시 퐁그즈마르에서 적은 것이었다.

7월 10일

줄리에트는 행복하다. 자기도 그렇게 말하고 또 그렇게 보이기도 한다. 나는 그걸 의심할 권리도, 이유도 없다……. 그런데, 지금 그녀 곁에서 내가 느끼는 불만과 불안한 감정은 어디서 오는 것일까? 아마도 이 더할 나위 없는 행복이 너무도 실질적이고 너무 쉽게 얻어진 것이며, 또 너무나 '자로 잰 듯' 완벽한 것이어서, 그 행복이 영혼을 조이고 질식하게 하는 것처럼 보이는 것인지도 모른다.

그래서 나는 지금, 내가 바라고 있는 것이 분명 행복 그 자체인지 아니면 오히려 행복으로 가는 과정인지를 생각해 본다. 오, 주여…… 제가

너무 빨리 다다를 수 있는 행복으로부터 저를 지켜 주소서……. 당신이
계시는 곳으로 이를 때까지 내 행복을 미루고 연기할 수 있도록 가르쳐
주소서.

그 뒤로는 여러 장이 찢겨져 있었다. 필경 그 페이지들은 르아브르에
서의 우리의 고통스럽던 재회에 대해서 써 놓았던 것이 분명하다. 일기
는 다음해에 가서야 다시 계속되었다. 날짜 없는 페이지들이 있었지만,
그건 분명 내가 퐁그즈마르에 머물러 있을 때에 쓰여진 것이리라.

때때로 그의 이야기를 들으면서 생각하고 있는 내 모습을 내가 보고
있다는 느낌을 갖는다. 그는 내 자신에게 나를 설명하고 나 자신에게 나
를 발견시켜 준다. 그이 없이 내가 존재할 수 있을까? 나는 오직 그와 더
불어서만 존재할 뿐이다…….

때때로 그에 대하여 내가 느끼는 바가 정말로 남들이 사랑이라고 부
르는 그것인가 하고 망설여 본다. 남들이 보통 사랑에 대하여 그려내는
것은 내가 그려내고 싶은 것과는 너무나 다르다. 나는 사랑에 대하여 아
무런 말도 없고, 내가 그를 사랑하고 있다는 것도 알아차리지 못한 채 그
를 사랑하고 싶은 것이다. 무엇보다도 그가 모르게 그를 사랑하고 싶다.

그이 없이 살아가야 한다면 그 모든 것 중에서 어느 것도 나에게 기쁨
이 되지는 못한다. 나의 모든 미덕도 오직 그의 마음에 들기 위해서이
다. 그런데도 그의 곁에서는 나의 덕행이 나약해지는 것을 느낀다.

나는 피아노 연습을 좋아하였다. 왜냐하면 매일 조금씩 나아질 수 있을 것 같았기 때문이다. 이것은 동시에 내가 외국어 책을 읽을 때 맛보는 그 낯선 즐거움 같은 것이었는지도 모른다. 그렇다고 해서 우리말보다도 어떤 외국어를 더 좋아한다거나, 또는 내가 감탄하는 우리 나라 작가들의 작품이 외국 작가들에 비하여 손색이 있다고 생각하는 것은 결코 아니다. 그러나 의미와 감정을 추구함에 있어서 약간의 난점을 느끼며 그 난점을 극복할 뿐만 아니라 점점 보다 잘 극복할 수 있게 될 때에 자기도 모르게 느끼는 자만심이, 지적인 즐거움에 알지 못할 어떤 영혼의 만족감을 더해 주기 때문이다. 그리고 그러한 영혼의 기쁨 없이는 아무것도 못할 것만 같다.

아무리 행복스러워도 진보가 없는 상태를 나는 바랄 수 없다. 성스러운 기쁨이란 것도 하나님 안에서의 융합이 아니고, 무한하고 끊임없이 하나님에게로 다가가는 것이라고 생각된다……. 그래서 언어의 유희를 두려워하지 않는다면, '진보' 하지 않는 기쁨 따위를 나는 경멸한다고 말할 수 있다.

오늘 아침, 우리는 둘이서 그 가로수 길의 벤치에 앉아 있었다. 우리는 아무 말하지 않았고, 또 무슨 말을 할 필요성도 느끼지 않고 있었다……. 갑자기 그는 내게 내세(來世)를 믿느냐고 물었다.

"그럼, 제롬."

나는 선뜻 큰소리로 말했다.

"그건 내게 희망 이상의 것이야. 그건 확신이지……."

그런데 불현듯 나의 신앙심은 그 외침 속에서 공허한 것처럼 느껴지는 것이었다.

"알고 싶은 건" 하고 그는 덧붙였다……. 얼마 동안 말을 끊고 있더니, "만약 너에게 그 신앙심이 없다면, 너는 지금과 다르게 행동할까?"

"그걸 내가 어떻게 알겠니?" 하고 나는 대답했다. 그리고는 덧붙여 말했다. "하지만 너 역시도, 네 자신의 생각이야 어떻든, 더없이 열렬한 신앙심이 부어진 이제는 달리 행동할 수도 없을 거야. 그리고 달라진다면 나는 너를 사랑하지 않게 될 거야."

아냐, 제롬, 아냐. 미래의 보상을 위해서 우리가 덕을 쌓으려고 노력하는 것은 아니야. 우리의 사랑이 구하는 건 보상이 아냐. 자기의 고통에 대한 보상이라는 생각은 착하게 태어난 영혼에게는 상처를 입히는 것일 거야. 덕이라는 것도 또한 그런 영혼을 장식하는 장신구가 아니야. 덕이란 그런 영혼의 아름다움이 지니는 형태 바로 그거야.

아버지의 건강이 다시 좋지 않으시다. 대단치 않기를 바라지만, 사흘 전부터 다시 우유만 겨우 드시고 계시다.

어젯밤 제롬이 막 자기 방으로 올라간 다음, 밤이 깊도록 나와 함께 앉아 계시던 아버지가 잠깐 나만을 남겨 두시고 방을 나가셨다. 나는 긴 의자에 앉아 있었다, 라고 하기보다는 내겐 좀처럼 없는 일인데 비스듬히 누워 있었다. 나는 왜 그랬는지 모른다. 등갓이 내 눈과 상체를 빛으로부터 가려 주고 있었다. 나는 무의식적으로 내 발끝을 보고 있었다. 발끝은 옷자락으로부터 조금 삐져 나와 있었고, 한 줄기 램프의 불빛이 거기에 달려 있었다. 그때 아버지가 들어오셨다. 아버지는 잠시 동안 문 앞에 서서 미소짓는 듯, 서글프신 듯한 이상스러운 태도로 나를 지켜보고 계셨다. 어쩐지 부끄러워져서 나는 몸을 일으켰다. 그때 아버지가 손짓을 하시며,

"내 옆에 와 앉거라." 하고 말씀하셨다. 그리고 이미 밤이 깊었는데도 그분들이 헤어지신 후로는 한 번도 말씀하시지 않았던 어머니에 관한 말씀을 하기 시작하셨다. 어떤 경로를 거쳐 어머니와 결혼하게 되었고, 얼마나 어머니를 사랑했으며, 그리고 처음에는 어머니가 어떻게 마음을 쓰셨던가 하는 이야기를 들려 주셨다.

"아버지." 나는 마침내 말했다.

"왜 오늘밤에 이런 이야기를 하시는 거예요? 왜 하필 오늘밤 따라 이런 이야기를 하게 되셨는지 말씀해 주세요……."

"그건 말이다. 방금 전 응접실에 들어오면서 긴 의자 위에 누워 있는 너를 보자, 한순간 나는 네 어머니를 보는 것 같은 생각이 들었기 때문이야."

내가 그때 그처럼 캐물은 것은 바로 그날 저녁, ……제롬이 내 의자에 기대고 서서 내 어깨 너머로 몸을 굽혀 책을 읽었던 일이 생각났기 때문이었다. 나는 그를 볼 수는 없었지만 그의 숨소리를 느낄 수 있었고, 그는 내 몸의 체온과 떨림 같은 것을 느끼고 있었다. 나는 계속해서 책을 읽는 체했지만, 이미 아무것도 머리에 들어오지 않았었다. 나는 더 이상 글 줄을 가려 볼 수도 없었다. 너무도 야릇한 마음의 동요가 내 마음을 사로잡았기 때문에, 아직은 일어날 힘이 있는 동안에 일어나자 하고 얼

른 의자에서 일어나지 않을 수 없었다. 다행히도 그가 눈치를 채지 않도록 잠시 방에서 나와 있을 수 있었다……. 그러나 얼마 후, 아무도 없는 응접실의 긴 의자 위 — 아버지가 나를 어머니와 비슷하게 보셨던 그 긴 의자 위에 드러누워 있던 바로 그때, 나는 정말 어머니에 대한 생각을 더듬고 있었던 것이다. 회한(悔恨)처럼 마음속에 솟구치는 지난날의 추억에 사로잡혀 불안하고 답답하고 비참해진 나는, 그날 밤 잠을 설치고 말았다. 주여, 악의 형상을 띤 모든 것이 얼마나 무서운 것인가를 가르쳐 주소서. 가엾은 제롬! 그렇지만 때로 그가 오직 하나의 어떤 몸짓을 하기만 하면 되리라는 것, 또 그 몸짓을 때때로 내가 기다리고 있다는 것을 그가 알기만 해도…….

내가 어렸을 때, 이미 나는 제롬 때문에 아름다워지기를 바랐었다. 지금 생각해보면, 내가 완전을 지향했던 것은 오로지 그를 위해서만 이었다. 그런데 이 완전은 오로지 그가 없어야만 이루어질 수 있다는 것, 이것은…… 오, 나의 주여! 당신의 모든 가르침 중에서도 가장 저를 당황케 하는 것이옵니다. 덕과 사랑이 한 데 어울려질 수 있는 영혼을 지닐 수 있다면 얼마나 행복할까! 나는 때때로 사랑한다는 것, 할 수 있는 한 사랑한다는 것, 끊임없이 더욱 사랑한다는 것 말고 또 다른 덕이 있을까를 의심해 본다. 그러나 또 어떤 날은 오! 미덕이란 다만 사랑에 대한 항거에 지나지 않는 것처럼 보이기도 한다. 이럴 수가 있을까! 내 마음의 가장 자연스러운 경향을 감히 사랑이라고 부를 수 있을까? 오! 매혹적인 궤변이여! 허울 좋은 권유! 행복의 짓궂은 환영이여!

오늘 아침 라 브루이에르의 책 속에서 다음과 같은 구절을 읽었다.

"인생행로에는 때로 금지되어 있지만 허용되었으면 하고 바라는 것이 당연할 만큼 귀중한 쾌락과 너무도 흐뭇한 약속이 있다. 이렇듯 큰 매력은 그것을 미덕의 힘으로 단념할 줄 아는 매력에 의해서밖에는 극복될 수 없다."

그런데 나는 왜 여기서 변명을 찾아냈던 것일까? 사랑의 매력보다도 더 흐뭇하고, 또 더욱 강렬한 어떤 매력이 은근히 내 마음을 끌고 있기 때문인지? 오! 사랑의 힘으로 우리들 두 영혼을 한꺼번에 사랑 그 이상으로 이끌어갈 수만 있다면!

슬프게도! 이제는 그것을 너무나도 잘 깨닫고 있다. 하나님과 제롬 사이에는 나 이외에 아무런 장애물도 없다는 것을. 아마도 그가 말하는 것처럼 나에 대한 그의 사랑이 처음에는 그를 하나님께로 기울어지게 하였다 하더라도, 이제는 바로 그 사랑이 그를 가로막고 있는 것이다. 그는 나에게서 지체하고, 나를 더 좋아하고 있다. 나는 그가 미덕 속으로 더 나아가지 못하도록 그를 붙들고 있는 우상이 되어 버렸다. 우리 둘 중의 한 사람만이라도 거기에 도달해야만 한다. 비겁한 제 마음속에서는 제 사랑을 극복할 가망이 없으니, 하나님이시여, 이제는 저를 사랑하지 않도록 그를 깨우쳐 줄 수 있는 힘을 허락해 주옵소서. 그러하오면 저의 공덕에 비하여 보다 더 무한히 훌륭한 그의 미덕을 저는 당신께 바칠 것이오니……. 그리고 오늘 그를 잃고서 저의 영혼이 흐느껴 울더라도 그것은 장차, 당신 안에서 그를 다시 찾으려 함이 아니옵니까? 아……. 오 주여, 말씀하여 주옵소서 ! 이전에 그 어떤 영혼이 그의 영혼보다 더 자격이 있었사옵니까? 저를 사랑하기 위해서보다는 보다 훌륭한 일을 위해서 태어난 그가 아니옵니까? 그가 저를 마음에 두게 되면 저는 그만큼 그를 사랑하게 되겠지요? 장하다 할 수 있는 그 모든 것도 행복 안에서는 얼마나 위축되어 버리는 것이온지요!

일요일

"하나님이 우리를 위하여 더 좋은 것을 예비하셨은즉."

5월 3일 월요일

행복이 여기, 아주 가까이에 내밀어져 있다면…… 손만 뻗치면 잡을 수 있도록…….

오늘 아침 그와 이야기하면서, 나는 희생을 다할 수 있었다.

월요일 저녁

그는 내일 떠난다…….

사랑하는 제롬! 나는 끝없는 애정으로 여전히 너를 사랑하고 있다. 하지만 이제부터는 네게 그런 말을 하지 못할 것이다. 내가 내 눈, 내 입, 내 영혼에 가하는 속박이 너무도 힘들기에, 너와 헤어진다는 것도 내게 는 해방이며 또 쓰디쓴 만족이 된다. 이성을 갖고 행동하고자 애쓰나 막 상 행동을 하려는 순간이면 나를 움직이게 하던 이성이 나를 저버리거 나 아니면 어리석은 것처럼 보인다. 그리고 이미 나는 그것을 믿지 않게 된다……. 내가 그를 피하는 이유는 이성 때문일까? 그런 걸 나는 이제 믿지 않으니……. 그런데도 나는 그를 피하고 있다. 왜 내가 그를 기피 하는지 까닭도 알지 못하고서 그를 피한다.

주여! 제롬과 제가, 서로 함께, 서로 의지하며 당신 앞으로 나아가도 록 하여 주옵소서. 한 사람이 다른 사람에게 "형제여, 피곤하면 내게 기 대렴."하면, 상대방은 "너를 내 곁에서 느끼는 것만으로도 내겐 충분 해……."라고 대답하는 두 순례자처럼 인생의 길을 따라 걷게 하여 주 시옵소서. 아니옵니다! 주께서 우리에게 가르치시는 길은, 주여, 좁은 길이옵니다. 좁아서 둘이서 나란히 걸을 수도 없는 길이옵니다.

7월 4일

내가 이 일기를 펼치지 않은 것도 여섯 주일 이상이나 된다. 지난달, 몇 페이지를 다시 읽어보았더니 잘 써보려는, 어리석고 가증스러운 마 음씨로 이 글을 쓰고 있다는 것을 발견하였다……. 이것도 '그이' 탓이 다……. 그가 없이 견디어 나가는 데 도움이 될까 하고 시작했던 이 일기 속에서도 나는 계속해서 '그'에게 편지를 쓰고 있는 것만 같다.

잘 써졌다고 여겨지는 페이지를 모두 찢어 버렸다. — 그런 행동이 무엇을 의미하는지는 내 자신이 잘 알고 있다. — 그에게 관련되는 페이지는 모조리 찢어 버렸어야 할 것이다. 모두 다 찢어 버렸어야 할 것이다……. 그러나 나는 그럴 수가 없었다. 그런데 그 몇 장을 찢어 버린 것만으로도 이미, 나는 적잖은 자부심을 느꼈던 것이다……. 내 마음이 이토록 병들지 않았던들 웃어넘기고 말았을 그러한 긍지를, 참으로 장한 일을 해낸 것 같았고, 뜯어낸 그 몇 장이 사뭇 대단한 것이기나 한 것처럼 여겨졌다.

7월 6일

나는 책장에서 책을 없애야만 했다…….

이 책에서 저 책으로 그를 피해 달아나는 데도 그는 어디에나 있다. 나혼자 그가 없는 데서 찾아낸 페이지에서조차 그것을 나에게 읽어 주는 그의 음성이 들린다. 나는 오직 그가 흥미있어 한 것만을 좋아했다. 그래서 내 생각마저도 그의 사고방식을 취해 버렸기 때문에, 지난날 우리 둘의 생각이 한 데 뒤섞이는 것을 기꺼워 할 수 있었던 때와 마찬가지로 지금도 어떤 것이 나의 생각인지 분간할 수가 없다.

가끔 나는 그의 문장 투에서 벗어나려고 일부러 서투르게 쓰려고 애쓴다. 그러나 그에 대항해서 싸운다는 것, 그건 오히려 아직도 그에게

열중하는 것이 된다. 당분간 성경, 또 간혹 「그리스도를 본받아서」 외에
는 아무것도 읽지 않기로 하며, 일기에도 읽은 것 중에서 특히 눈에 띄
는 구절밖에는 적지 않기로 결심한다.

이 다음에는 일종의 '나날의 양식' 과도 같은 것이 계속되어 있어, 7월
1일부터 시작하여 날마다의 날짜에는 성서의 한 구절씩이 덧붙여 있었
다. 여기에다가는 주석들이 달려 있는 부분만을 옮겨 쓰겠다.

7월 20일

"네게 있는 것을 모두 팔아 가난한 자들에게 나누어 주라."
오직 제롬을 위해서만 있는 이 마음을 나는 가난한 사람들에게 주어
야 한다는 걸 알았다. 그리고 이것은 동시에 제롬에게도 그렇게 하도록
가르쳐 주는 게 아니겠는가? 주여, 저에게 그럴 용기를 주옵소서.

7월 24일

「마음의 위안」 읽기를 그만두었다. 이 옛 글은 무척 재미있었지만, 내
마음을 산란하게 했다. 거기서 맛보는 거의 이교도적(異敎徒的) 즐거움
은 내가 구하려고 뜻했던 가르침과는 전혀 관련이 없다.

「그리스도를 본받아서」를 다시 읽되, 이것 역시 이해하기 힘든 라틴어 원서로는 읽지 않기로 했다. 읽고 있는 번역본에 서명이 없는 것이 마음에 든다. 신교파(新敎派)의 번역임에는 틀림없지만, 표제(表題)에는 '모든 기독교 단체에 적합함' 이라고 적혀 있다.

"오! 그대가 미덕을 향해 나아감으로써 얼마나 큰 안식을 스스로 얻을 수 있고, 얼마나 큰 기쁨을 남들에게 줄 수 있는지를 안다면, 그대는 더욱 거기에 마음을 기울여 노력하리라는 것을 나는 확신할 수 있다."
(「그리스도를 본받아서」 제1권 11장)

8월 10일

주여, 제가 당신을 향하여 어린애 같은 신앙심의 충동과 천사들의 초인간적인 음성으로 외칠 때……. 이 모든 것이 제롬에게서 오는 것이 아니라 당신에게서 오는 것임을 아옵니다. 하지만, 어디에나 당신과 저 사이에 그의 모습을 두심은 어찌된 일이옵니까.

8월 14일

이 일을 성취하는 데 앞으로 두 달 남짓…….
오, 주여, 저를 도와주소서!

8월 20일

희생이 내 마음속에서 아직도 이루어지지 않았다는 것을 나는 분명히 느끼고 있다. '내 슬픔'에서 나는 그것을 느낀다.

오! 주여, 오직 그만이 알게 해주던 그 기쁨을, 이제는 모름지기 당신에게서만 얻게 해주소서.

8월 28일

이 얼마나 속되고 보잘것 없는 덕에 이르렀는가! 도대체 나는 나에게 너무 지나친 요구를 하는 것일까? — 이젠 더 이상 나를 용서할 수 없다.

언제나 주께 주의 힘을 애원하다니 이 무슨 비겁한 일인가! 이제 내 모든 기도는 하소연에 지나지 않고 있다.

8월 29일

"들에 핀 백합화를 보라……." (「마태복음」 제6장 28절, 「누가복음」 제12장 27절)

오늘 아침 이 소박한 말씀이 나를 무엇으로도 벗어날 길 없는 슬픔 속에 잠기게 했다. 나는 들판으로 나갔지만 나도 모르게 되풀이하고 있던 이 말씀이 내 마음과 두 눈을 눈물로 가득 채웠다. 난 농부가 쟁기 위에 몸을 굽히고 갈고 있는 텅 비고 드넓은 들판을 바라보고 있었다.

"들에 핀 백합화"

……그러하오나, 주여, 백합화는 어디에 있사옵니까?

9월 10일 밤 10시

그를 다시 만났다. 그는 여기 한 지붕 밑에 있다. 그의 방 창문에서 새어나오는 불빛이 잔디밭 위에 보인다. 내가 몇 줄 적고 있는 지금 그는 자지 않고 있다. 어쩌면 나를 생각하고 있는지도 모른다. 그는 변하지 않았다. 자기도 그렇게 말하고 나도 그렇게 느낀다. 그의 사랑이 나를 저버리도록 이미 결심한 대로의 나를 그에게 보일 수 있을는지 ?

9월 24일

오! 속에서는 마음이 까무러쳐 가는데도 무관심과 냉담을 끝내 가장하였던 그 잔혹스런 대화……. 지금껏, 나는 그를 피하는 것에 만족하고 있었다. 그러나 오늘 아침, 주님이 나에게 이겨낼 힘을 주시리라 믿었고, 끊임없이 싸움에서 몸을 피한다는 것도 비열한 노릇이라는 것을 느낄 수 있었다. 내가 승리한 것이었을까? 제롬이 나를 덜 사랑하게 되었는가? …… 슬프게도! 그걸 바라면서 두려워하고 있으니…….

지금보다 더 그를 사랑한 적은 없었다.

그러하오나, 그를 저에게서 구하기 위하여 제가 없어져야 한다면, 주여, 그렇게 하소서…….

"제 괴로움을 짊어지기 위해, 당신의 수난으로도 아직도 남아 있는 고통을 감당해 나가기 위해, 저의 마음과 저의 영혼 속으로 들어오소서."

우리는 파스칼에 대하여 이야기했다……. 그에게 난 무슨 말을 할 수 있었던가? 그 무슨 욕되고 터무니없는 말을 했던가! 그런 것을 말하면서도 벌써 나는 괴로웠지만, 오늘밤은 그 말이 하나님에 대해서 불경스런 말을 한 것처럼 후회하고 있다. 묵직한 「팡세」를 다시 뽑아들었다. 제 풀에 펼쳐진 곳이 로아네 양 — 파스칼의 친구 로아네스 공(公)의 여동생으로 파스칼의 애인이었다고 한다. — 에게 보내는 편지 구절이었다.

"이끄는 이를 스스로 따를 때, 얽매인 굴레는 느껴지지 않습니다. 그러나 항거하기 시작하고 홀로 떨어져 걷기 시작할 때는 몹시 고통을 느끼게 됩니다."

이 말이 너무나 사무치게 느껴져 더 읽어나갈 기력이 없었다. 그러나 다른 곳을 또 펼치자 여태껏 읽은 적이 없었던 훌륭한 구절을 발견하여 베껴 두었다.

이 일기의 첫 번째 노트는 여기서 끝나 있었다.

뒤이은 노트는 찢어 버린 모양이었다. 왜냐하면 알리사가 남긴 서류 속에는, 일기는 그로부터 3년 후, 다시금 퐁그즈마르에서 — 9월 즉, 우리의 마지막 상봉이 있기 조금 전부터 이어져 있었기 때문이다.

　다음과 같은 글로 그 마지막 일기는 펼쳐진다.

9월 17일

　오! 주여, 당신을 사랑하기 위해서는 제가 그이를 필요로 한다는 것을
당신은 알고 계십니다.

9월 20일

　주여! 제게 그를 주시옵소서. 그러하오면 당신께 이 마음을 바칠 수
있겠나이다.

　주여, 한 번만 저에게 그를 만나도록 해 주옵소서.

　주여, 제 마음을 당신께 드리기로 약속하옵나이다. 그러하오니 저의
사랑이 당신께 청하는 바를 허락해 주시옵소서. 저에게 남은 목숨은 오
직 당신에게만 바치겠사옵나이다…….

　주여, 비루한 이 기도를 용서해 주시옵소서. 저는 그의 이름을 입술에
서 멀리할 수도, 제 마음의 괴로움을 잊어버릴 수도 없사옵니다.

　주여, 당신께 소리치옵니다. 저를 이 비탄 속에 버려 두지 마시옵소
서.

9월 21일

"너희가 내 이름으로 내 아버지께 무엇을 구하든지 네가 시행하리
니……."
주여! 당신의 이름으로 어찌 제가 감히…….
그러하오니, 비록 제가 기도를 입에 올리지 않는다 하더라도 주님께
서는 이 마음에서 타오르는 소원을 알아주실 줄 아옵니다.

9월 27일

오늘 아침부터는 마음이 크게 안정되었다. 지난밤은 내내 명상과 기
도로 보냈다. 그러자 갑자기 어린 시절에 성령에 대해서 그려보던 상상
과 흡사한, 광채 찬란한 평온 비슷한 것이 나를 둘러싸고 나에게로 강림
해 오는 것 같았다. 이 기쁨이 신경의 흥분 때문이 아닐까 하고 두려워
얼른 잠자리에 들었다. 그러한 지복(至福)이 사라지기 전에 빨리 잠들
수 있었다. 오늘 아침에도 그 지복이 조금도 달라지지 않고 완전히 그대
로 남아 있다.
이제는 그가 올 것이라는 확신을 가지게 되었다.

9월 30일

제롬! 내 벗, 아직도 '동생' 이라고 부르기는 하지만, 동생보다도 더 끝없이 내가 사랑하는 너……. 너도밤나무 숲 속에서 몇 번이나 너의 이름을 불렀는지 알겠니…….

저녁마다 해질 무렵이면 채소밭의 그 작은 문으로 나가서, 나는 이미 어둑어둑한 가로수길을 내려간다……. 네가 별안간 대답을 하고, 서둘러 내 눈길이 둘러보는 돌 많은 그 둑 뒤에서, 바로 거기서 네가 나타난다 해도, 아니면 나를 기다리며 그 벤치에 앉아 있는 네 모습이 멀리서 내 앞에 들어온다 해도, 내 가슴이 놀라서 뛰지는 않을 것이다. ……오히려 너를 보지 못하여 나는 놀란다.

10월 1일

아직 아무 일이 없다. 태양은 비할 데 없이 맑은 하늘 속으로 저물어갔다. 나는 기다린다. 머지 않아 이 벤치 위에 그와 함께 앉게 되리라는 것을 나는 알고 있다……. 벌써 그의 말이 들린다. 그가 내 이름을 발음하는 걸 나는 몹시도 듣기 좋아한다……. 그는 여기에 앉을 것이다! 나는 손을 그의 손에 맡기리라. 이마는 그의 어깨에 기댈 것이고, 나는 그의 곁에서 숨쉬게 될 것이다. 이미 어제도 나는 그의 편지들 중의 몇 장을 다시 읽어보려고 가지고 나왔었다.

하지만, 그의 생각에 너무 팔려 있어서 나는 그 편지들을 쳐다보지도 않았다. 또 그가 좋아하던 그 자수정 십자가, 흘러간 어느 여름날 그가 떠나지 말았으면 싶은 동안, 저녁마다 목에 걸기로 하였던 그 자수정 십자가도 가지고 나왔었다.

이 십자가를 그에게 주고 싶다. 이런 꿈을 꾼 건 벌써 오래 되었다. 그가 결혼하면 나는 그의 첫딸, 작은 알리사의 대모(代母)가 되고, 이 패물을 그 어린이에게 주고……. 그런데 왜 나는 그런 말을 감히 그에게 하지 못하였을까?

10월 2일

하늘에 보금자리를 지어 놓은 새처럼 오늘 내 영혼은 가볍고 즐겁다. 그는 분명히 오늘 온다. 그렇게 느껴지고 또 그걸 알 수 있다. 모든 사람들에게 그 말을 외치고 다녔으면 싶다. 여기에라도 쓰지 않고는 못 배기겠다. 내 이 기쁨을 이제 나는 숨길 수가 없다. 여느 때는 그처럼 멍청하고 내게 무관심하던 로베르에게조차 눈에 띄는 것이었다. 로베르가 묻는데 당황해서 무어라고 대답해야 할지 몰랐다. 저녁이 오기까지를 어떻게 기다릴까?

무언지 투명한 눈가림띠 같은 것이 어느 곳을 보아도 그의 모습을 큼직하게 확대시켜 보여 주고, 사랑의 모든 빛살을 모아 내 가슴의 단 하나의 초점 위에 집중시키고 있다.

오! 기다림이 얼마나 나를 지치게 하는 것인가……!

주여! 행복의 그 넓은 문들을 제 앞에 잠시라도 열어 보여주옵소서!

10월 3일

모든 것이 다 사라졌다. 슬프다! 그는 내 팔에서 빠져나갔다. 마치, 그림자처럼. 그는 여기 있었다! 바로 여기 있었다! 아직도 나는 그를 느끼고 있다. 나는 그를 부른다. 내 손, 내 입술은 그를 찾는다. 어둠 속에서 헛되이…….

나는 기도도 할 수 없고, 잠을 잘 수도 없다. 어두워진 정원으로 다시 나가 보았다. 내 방 안에서나, 집 안 어디에서나 나는 무섭기만 하다. 나의 비탄이 나를, 그를 그 뒤에 남겨 두고 왔던 그 문까지 데려갔다. 나는 어리석은 희망을 갖고 그 문을 다시 열어 보았다. 혹시 그가 돌아와 있을지도! 불러 보았다. 어둠 속을 더듬어 보았다. 그에게 편지를 쓰기 위해 나는 다시 돌아왔다. 그를 잃는다는 걸 나는 받아들일 수가 없다.

그런데 도대체 무슨 일이 일어났던가? 그에게 나는 무슨 말을 하였던가? 나는 무슨 짓을 했던가? 무슨 필요로 항시 그의 앞에서 나의 미덕을 과장하는 것인가? 나의 마음이 부인하는 이 덕은 과연 얼마나 귀중한 것인가? 주님이 내 입술에 올려놓으신 말씀을 나는 몰래 배반하고 있었다……. 내 마음을 부풀어오르게 하던 것 중에는 그 어느 것도 내 입 밖으로 나가지 않았다. 제롬! 제롬, 곁에 있으면 마음이 저려오고, 멀리 있으면 죽을 것만 같은 나의 애닲은 벗, 내가 아까 하던 모든 말 가운데서 내 사랑이 네게 이야기하던 것 외에는 아무것도 듣지 말아 줘, 편지를 찢고, 그리곤 다시 쓰고……. 이제 새벽이다, 잿빛에 싸인. 눈물에 젖고, 내 생각만큼이나 서글픈 새벽……. 농장의 첫 소리를 듣는다. 잠자던 모든 것이 다시 삶을 시작한다……. "이제 일어나라, 때가 가까웠으니……." (「마태복음」 제26장 45~46절)

내 편지는 부쳐지지 않을 것이다.

10월 5일

저를 앗아가신 질투심 많은 하나님, 이제 저의 마음도 거두어 가소서. 모든 열정이 이 마음을 저버리고 있기에 아무것도 다시는 이 마음을 끌지 못할 것입니다. 하오니, 제 자신의 보잘것 없는 나머지를 이겨낼 수 있도록 도와주소서. 저의 사랑을 달랠 수 없을 만큼 부추겨 주는 이 집, 이 정원, 오직 당신만을 뵙게 될 곳으로 달아나고 싶습니다.

제가 재산이라고 소유했던 것들을 당신의 가난한 이들을 위해 처분하도록 저를 도와주소서. 쉽사리 팔 수 없는 퐁그즈마르의 이 집을 로베르에게 남겨 주는 것을 용납해 주소서.

유언장을 써놓긴 하였지만, 나는 필요한 형식을 거의 모른다. 내가 결심한 것을 눈치채고 줄리에트나 로베르에게 알릴까 두려워 공증인과 어제 충분히 이야기할 수 없었다……. 이 일은 파리에 가서 끝내야겠다.

10월 10일

이곳에 너무도 지쳐서 도착했으므로 처음 이틀 동안을 누워 있어야 했다. 내가 싫어하는데도 불러온 의사가 수술을 꼭 해야 한다고 이야기한다. 반대해 본들 무슨 소용이 있을 것인가? 그러나 나는 수술이 겁나고, '기운을 좀 회복' 하기를 기다리고 싶다는 것을 그에게 쉽사리 납득시켰다. 이름이나 주소도 숨길 수 있었다. 나를 받아들이고, 또 주님께서 아직 필요하다고 여기실 동안 머물러 있는데 대하여 군말이 없도록 돈을 넉넉히 사무실에 맡겨 놓았다.

이 방은 마음에 든다. 티없이 정결하다는 것만으로도 벽의 치장은 충분하다. 내가 거의 즐거운 것에 대해 나 자신은 몹시 놀랐다 이제 더 이상 삶에 대하여 바라는 게 없기 때문이다. 이제는 다만 하나님만으로 만족해야 하기 때문이고, 또 한 하나님의 사랑이 우리들의 마음을 송두리째 차지하실 때, 비로소 그 뛰어난 것을 보여 주시기 때문이다…….

성경 외에는 아무 책도 가지고 오지 않았다. 그런데 오늘 내 안에서는 읽고 있는 성경 구절보다도 더 큰 음성으로 파스칼의 그 열광적인 흐느낌이 울려오고 있다.

"하나님이 아닌 것은 그 어떤 것도 나의 기대를 채워 줄 수 없다."

오, 지각없는 내 마음이 바라던 너무나 인간적인 기쁨이여…….

주여! 당신이 저를 절망시키신 것은 이 외침을 얻게 하기 위함이옵니까?

10월 12일

주의 나라가 임하시기를! 제 속에 당신의 다스림이 임하시기를! 그리하여 당신만이 제게 군림하소서. 저를 송두리째 다스리옵소서. 이제는 아낌없이 당신께 제 마음을 드리겠나이다.

몹시 늙어 버린 듯이 지쳐 있으면서도 내 영혼은 이상스럽게도 동심(童心)을 간직하고 있다. 아직도 나는 방안에 있는 모든 것이 정돈되고, 벗어놓은 옷을 머리맡에 가지런히 개어놓지 않으면 잠을 자지 못했던 그 옛날의 소녀 때의 나와 똑같다. 죽을 준비도 이렇게 하고 싶다.

10월 13일

없애 버리기 전에 다시 일기를 읽었다.

"자신이 느끼는 고통을 털어놓는 것은 위대한 영혼에게는 온당치 못하다." 아름다운 이 말은 클로틸드 드 보 ― 철학자 오귀스트 콩트의 애인 ― 의 말이라고 생각된다.

이 일기를 불 속에 내던지려는 순간 어떤 경고 같은 것이 나를 말렸다. 이 일기는 이미 내 것이 아니며, 이것을 제롬에게서 빼앗을 권리도 없으며, 오로지 그를 위해서 썼을 뿐이라고 느껴졌던 것이다. 일기 속에 쓰여 있는 나의 불안이나 의구심도 오늘에 이르러 생각해 보면, 너무도 어처구니없는 것 같이 보여 거기에 아무런 중요성도 붙일 수 없게 되었고,

제롬이 그것을 읽는다고 해도 그 때문에 그의 마음이 동요될 것 같지는 않다. 주여, 제 자신이 필사적으로 도달하려고 했던 미덕의 정상에까지 그를 밀어 올리려고 미칠 듯이 원하던 이 마음의 어설픈 표현을, 이 일기에서 그가 때때로 찾을 수 있도록 해 주옵소서.

"하나님, 제가 도달할 수 없는 그 반석 위로 저를 인도하옵소서."

(「시편」 제31장 3절에 이와 비슷한 구절이 있다.)

10월 15일

"기쁨, 기쁨, 기쁨, 기쁨의 눈물." (파스칼이 죽은 후 의복 안의 꿰매진 데서 발견한 기도문)

인간적인 기쁨 그 위로, 모든 고통의 저 너머에서, 그렇다, 나는 그 찬연한 기쁨을 예감하고 있다. 내가 도달할 수 없는 그 반석, 나는 그것의 이름을 잘 알고 있다. 행복이라는 이름에 귀착하기 위해서가 아니라면, 내 모든 삶이 헛되다는 것을 나는 알고 있다……. 아! 그러나 당신은 그것을 약속하셨습니다. 주여, 단념하는 순수한 영혼에게 이제부터 "주안에서 죽는 자들은 복 받을 지어다."라고 당신의 거룩한 말씀은 이야기하셨습니다. 죽음에 이르러서까지 저는 기다려야 하옵니까? 여기에서 저의 믿음은 흔들리옵니다. 주여! 제 온 힘을 다하여 당신께 부르짖고 있사옵니다. 저는 어둠 속에 있나이다. 새벽을 기다리고 있나이다. 목숨이 다할 때까지 당신에게 부르짖고 있사옵니다. 제 갈증을 축여 주시옵소서. 행복을 생각하면 저는 곧 목이 마릅니다……. 아니면, 저는 그 행복을 가진 것이라고 생각해야 되는 것이옵니까? 먼동에 앞서서, 날이 밝아오는 것을 알린다기보다는 차라리 애타는 마음으로 날 밝기를 부르는 안타까운 새처럼, 저도 밤이 사라지는 것을 기다리지 말고 노래를 불러야 하옵니까?

10월 16일

제롬! 네게 완벽한 기쁨이라는 걸 가르쳐 주고 싶다.

오늘 아침, 구토증의 발작이 나를 깨뜨려 버렸다. 그 직후 나는 내가 너무도 쇠약하게 느껴져서, 잠깐 동안은 죽는 것을 바랄 수도 있었다. 아니, 그게 아니다. 처음에는 모든 나 속에 커다란 평온이 깃들었다. 그리고는 심한 고통이 나를 휘어잡고, 전율이 내 육신과 영혼을 휘어잡았다. 그것은 마치 내 삶의 속박이 풀린 돌연한 '계시(啓示)'와도 같았다. 내 방의 잔인하게 벌거벗겨진 벽을 처음으로 보는 것처럼 느껴졌다. 나는 무서웠다. 아직도 나는 나를 안정시키고 가라앉히기 위해 이 글을 쓰고 있는 것이다. 오, 주여! 당신을 모독함이 없이 종국(終局)에까지 이르도록 해주시기를.

나는 다시 일어날 수 있었다. 나는 어린아이처럼 무릎을 꿇고 있다…….

지금 빨리 죽었으면 한다. 나 혼자라는 것을 또다시 알기 전에.

* * *

지난해 나는 줄리에트를 다시 만났다. 알리사의 죽음을 알려 주었던 그녀의 마지막 편지 이후로 10년 이상의 세월이 흘렀다. 프로방스 지방의 여행이 나에게 님므에 잠시 발을 멈추는 기회가 되었다. 시의 소란한 중심 지대인 프세르 가도에 있는 테시에르 가(家)는 꽤 좋은 집에서 살고 있다. 방문한다는 것을 미리 편지로 알렸음에도 문턱을 넘을 때는 적잖게 가슴이 설레었다.

하녀가 나를 응접실로 올라가게 했고, 얼마 후에 줄리에트는 나를 맞으러 왔다. 마치 플랑티에 이모를 본 것 같았다. 걸음걸이, 몸맵시, 그리고 숨가쁜 친절까지도 똑같았다. 그녀는 대답도 기다리지 않고 곧장 내가 지내온 일, 내 파리의 거처, 내가 하는 일, 내 교제 관계 등에 관한 질문으로 나를 재차 몰아세웠다. 미디(南佛)에서는 내가 무엇을 하였는지? 에두아르가 나를 보면 무척 기뻐할 에그비브에 왜 나는 가보려 하지 않는지? ……그런 후에, 그녀는 모든 것에 관하여 소식을 전해 주었다. 자기 남편, 자기 애들, 자기 동생, 그리고 지난번 추수와 불경기 등에 관해서 이야기하는 것이었다……. 나는 로베르가 에그비브에 와서 살기 위해 퐁그즈마르의 집을 팔았다는 걸 알았다. 현재 그는 에두아르와 동업 중이며, 그래서 에두아르는 여행도 할 수 있고, 또 사업 거래의 방면에 특별히 힘을 기울일 수 있으며, 한편 로베르는 밭에 남아서 여러 계획을 개선하고 확장한다는 것 등을 알게 되었다.

그러면서도 나는 과거를 회상시켜 줄 수 있을 것을 불안스러운 눈으로 찾아보는 것이었다. 응접실의 새 가구들 사이에서 퐁그즈마르의 몇 몇 가구들을 나는 쉽사리 알아보았다. 그러나 내 마음 속에서 부르르 떨고 있던 그 과거를 이제는 줄리에트는 모르고 있거나, 아니면 일부러 거기에 정신을 쓰지 않으려고 애쓰는 것처럼 보였다.

열두서너 살 짜리의 사내애 둘이 층계에서 놀고 있었다. 줄리에트는 내게 인사시키기 위해 그애들을 불렀다. 맨 위의 딸 리즈는 제 아버지를 따라 에그비브에 갔고, 또 하나 열 살 먹은 사내애는 산보에서 곧 돌아오리라고 하였다. 줄리에트가 알리사의 죽음을 알리면서, 해산이 가깝다고 하던 아이가 바로 그 아이였다.

이때의 임신은 끝까지 고통스러웠고, 그것 때문에 줄리에트는 산후에도 오랫동안 불편하였다고 한다. 그리고 지난해엔 생각을 돌이킨 듯이 딸아이를 낳았는데, 그녀가 하는 말을 들으면, 줄리에트는 다른 애들보다 이 딸애를 제일 귀여워하는 것 같았다.

"그애가 자고 있는 방이 바로 요 옆에 있어요. 그애를 보러 가요." 하고 줄리에트는 말했다.

그래서 내가 따라가자, "제롬, 감히 편지로 부탁하지는 못했지만……. 이 애의 대부가 되어 주지 않겠어요?"

"물론, 네가 좋다면 서슴지 않고 승낙하지." 라고 약간 놀란 나는 어린애의 요람을 들여다보면서 말했다.

"그래, 내 대녀(代女)의 이름은 뭐지?"

"알리사……."

낮은 소리로 줄리에트는 대답하였다.

"앤 언니를 좀 닮았어요. 그렇게 보이지 않아요?"

나는 아무 대꾸도 하지 못하고 줄리에트의 손을 꼭 쥐었다. 제 어머니가 들어올리자, 그 작은 알리사는 눈을 떴다. 내 팔에 받아 안았다.

"오빠 가정의 훌륭한 아버지가 될 거예요!" 하고 웃어 보이려고 애쓰며 줄리에트는 말했다.

"언제 결혼하실 거예요?"

"많은 일들을 잊어버리면."

나는 줄리에트의 얼굴이 빨개지는 것을 보았다.

"곧 잊어버리고 싶으세요?"

"언제까지라도 잊고 싶지 않아."

"이리로 오세요."

이미 어두워진 더 작은 방으로 나를 데려가면서 그녀는 갑자기 말했다. 그 방의 문은 줄리에트의 방으로 문이 나 있었고, 또 한 문은 응접실 쪽으로 나 있었다.

"시간 있을 때면 제가 숨어 들어오는 곳이에요. 집 안에서 가장 조용한 방이죠. 여기 있으면, 삶에서 피난해 있는 것처럼 느껴져요."

이 작은 응접실의 창문은 다른 방들의 창문처럼 시끄러운 거리 쪽으로 향해 있지 않고, 나무들이 서 있는 안뜰 같은 곳으로 향해 있었다.

"앉으세요."

안락의자에 주저 앉으면서 그녀가 말했다.

"오빠를 잘못알고 있지 않다면, 오빠는 알리사의 추억에 충실하려는 거지요?"

나는 한동안 대답을 하지 않고 있었다.

"아마도 그렇다기보다는 알리사가 나에 대해 품고 있던 생각에 대해서겠지……. 아니, 그런 것을 내가 무슨 장한 짓을 한다고 생각하지는 말아. 나는 그렇게 할 수밖에 없다고 생각한다. 만일 내가 어떤 여자하고 결혼한다면, 그 여자를 나는 사랑하는 척밖에는 하지 못할 것 같아."

"그래." 하고 그녀는 무관심 한듯이 말하고는 내게서 얼굴을 돌리더니 무언지 잃어버린 것이라도 찾으려는 듯이 방바닥을 내려다보며 말했다.

"그럼, 아무런 희망도 없는 사랑이 그처럼 오랫동안 마음속에 간직되리라고 믿으시는 거예요?"

"그렇단다, 줄리에트."

"그리고 삶의 나날이 계속되어 불어난다 해도 사랑이 꺼지지 않으리라는 거예요?"

저녁이 잿빛 밀물처럼 밀려와서는 그 어둠 속에서 나지막한 목소리로 자신의 과거를 되살리고 들려주는 듯싶은 물건들에 부딪치며 적셔 주는 것이었다. 줄리에트가 그 모든 가구들을 다시 옮겨다 모아놓은 알리사의 방이 다시금 보이는 것이었다. 이젠 줄리에트는 다시 내게로 얼굴을 돌렸다. 이젠 그녀의 윤곽도 잘 분간할 수 없어서, 줄리에트가 눈을 감고 있었는지 어쩐지도 알 수 없었다. 줄리에트는 몹시 아름다워 보였다. 그리고 인제 우리는 아무 말 없이 앉아 있었다.

"자!"

이윽고 그녀는 말했다.

"이젠 잠에서 깨지 않으면 안 돼요……."

나는 그녀가 일어서서 앞으로 한 걸음 내밀더니 기력이 없는 듯이 옆
의자에 쓰러지는 걸 보았다. 그녀는 자기 얼굴에 손을 가져갔고 울고 있
는 듯이 보였다…….

하녀가 등불을 가지고 들어왔다.

작가의 생애와 작품 해설

앙드레 지드의 생애와 작품 세계

앙드레 지드는 1869년 11월 22일 파리 태생이며, 아버지는 파리 대학 법학부 교수로 남프랑스 출신의 신교도였고, 어머니는 북프랑스 노르망디 출신의 구교도인 가톨릭 신자였다. 아버지는 시인 기질이 풍부한 몽상가인 데 반해 어머니는 극단적인 현실주의자였다. 부모의 상반된 두 요소는 지드에게 지대한 영향을 미쳤는데 지드의 자서전적인 『한 알의 밀알이 썩지 않으면』에서 "난 상반되는 영향을 준 이 두 집안과 두 지방처럼 서로 상이한 것은 없다. 난 작가가 되지 않을 수 없었다. 왜냐하면 오직 작품을 통해서만 내 속에서 서로 대립하고 있는 두 요소의 조화를 실현할 수 있기 때문이다."라고 고백하고 있는 점에서, 이 두 가지 성향에 대한 그의 시각을 엿볼 수 있다.

그는 11세 때 아버지를 여의고 엄격한 어머니 밑에서 자라게 된다. 1887년엔 알사스 학원의 수사학반에 편입해 천재적인 시인으로 알려진 루이스와 친분을 갖고, 그의 자극으로 처녀작인 『앙드레 왈테르의 수기』를 쓴다.

철저하게 훈련받은 청교도적인 극기주의가 지배하던 시기를 지나온 지드는 어느새 욕망에 눈을 뜨는 청년기에 접어들었다. 이런 고뇌로부터 벗어나기 위해 1893년에 친구인 화가 폴 아벨 로랑스와 알제리로 여행을 떠났는데, 거기서 그는 폐결핵에 걸려 정양하면서 과거의 모든 굴레를 벗어버릴 결심을 한다. 그리하여 1895년에는 『팔뤼드』를 발표하기에 이른다.

과거를 잊고자 하는 그의 결심도 잠시, 그의 어머니가 사망하고, 그 뒤, 그는 사촌누이 마들렌과 결혼식을 올린 후 알제리로 신혼여행을 떠나는데, 이 여행에서 얻은 경험은 『지상의 양식』과 『배덕자』의 배경이 되고 있다. 1909년 지드는 《N.R.F》지를 창간하고 이 잡지에 『좁은문』을 연재한다.

제1차 세계대전이 일어난 후 그의 동성애적 취미가 부부 간에 불화를 자주 일으켰고, 벨기에의 처녀와 사랑에 빠져 아이까지 갖게 됨으로써 돌이킬 수 없는 관계가 된다. 부인 마들렌은 작품 속에 여러 형태로 등장하는 모델이기도 하다. 『앙드레 왈테르의 수기』의 엠마누엘, 『배덕자』의 마르슬린, 『좁은문』의 알리사가 그러한 인물인데 이런 면에서 아내 마들렌은 그에게 많은 문학적 양식을 제공했던 사람이었던 것 같다.

1925년에는 『사전꾼』을 탈고하고 콩고 여행을 떠났다. 거기서 프랑스 식민정책의 희생물이 된, 콩고 원주민의 비참한 생활을 보고, 사회혁명 투사로서의 정치적 생활을 시작한다. 1932년에는 심지어 공산주의를 표방하고, 36년에는 소련을 직접 방문하기도 했으나 그 여행을 통해 그는 공산주의의 허상을 목격하고 소련을 신랄하게 비판하기도 했다. 1947년에는 그의 체험을 바탕으로 한 작품들이 높은 평가를 받으면서 노벨문학상을 수상하였다. 그로부터 4년 뒤 폐결핵으로 고생하다가, 1951년에 파리의 자택에서 82세를 일기로 조용히 세상을 떠났다.

지드는 철저한 이상주의자로서 인생에 양극을 설정하고 그 사이를 격렬하게 진동하면서, 그 양극의 조화를 희구한 작가이다. 말하자면 헬레니즘에 대한 도취 속에서, 복음서 안에서 사랑의 샘을 찾고 있었던 것이다. 따라서 그의 작품에는 정신과 육체의 상극, 퓨리터니즘과 해방의 욕구, 행복의 탐구와 안일을 거부하는 파멸에 대한 의지 등이 혼돈 속에 뚜렷한 형체를 이루며 그려지고 있다.

『좁은문』의 줄거리 및 해설

지드의 여러 작품들이 그의 실생활에서 원천을 얻어 쓰여진 것처럼 『좁은문』 역시 지드 자신의 실생활을 바탕으로 쓰여진 자기 고백적인 작품이다. 특히 이 작품의 배경 및 줄거리의 설정은 그의 실제 생활과

거의 비슷해 이 이야기 속에서 독자들은 지드의 모습을 생생하게 그려 볼 수 있게 된다.

제롬과 그의 사촌 누이인 알리사는 어렸을 때부터 온정을 느끼며 지내왔는데 그들이 점차 성장해 감에 따라 그들의 온정은 이제 이성 간의 애틋한 사랑으로 바뀌어 간다. 조그만 예배당 안에서 보티에 목사는 엄숙한 목소리로 "좁은 문으로 들어가기를 힘써라." 하고 성구(聖句)를 낭송한다. 이때 제롬의 알리사에 대한 사랑의 결정작용이 시작되어 제롬은 알리사에게 결혼을 요구하며 애원하지만 그녀는 자신의 신앙적 금욕주의로 말미암아 끝내 청혼을 거부한다. 알리사의 시름에 잠긴 눈매는 제롬에게는 성녀의 명상의 표시이며, 하찮은 몸짓도 '덕' 의 완성을 지향하는 노력의 증거로 생각된다. 제롬은 알리사를 단테의 베아트리체에 비추어 미화한다. 그러므로 제롬 또한 알리사에 걸맞는 청년이 되기 위해 온갖 쾌락을 떨쳐버리고 '좁은 문' 으로 들어가는 괴로움을 참아내려 한다. 이러한 청년의 애정에 알리사는 더욱 자진해서 순결과 덕의 화신이 되고자 한다. 그들은 편지 왕래를 하며 끊임없는 대화를 나누면서 서로의 사랑을 확인하지만, 알리사는 세상의 행복을 포기하고 오직 신앙에 정진하다가 결국엔 병이 들어 죽게 된다.

그녀가 제롬을 받아들이지 못한 데는 동생 줄리에트가 제롬을 사랑하는 것을 알게 되었기 때문이기도 하지만, 더 근본적인 원인은 바로 둘이서는 결코 함께 들어갈 수 없는 좁은 문을 홀로 걸어가야 했기 때문이다. 하지만 일기에서도 보이듯이 그녀의 정신적 고통은 매우 컸다. 자신 역시 제롬을 너무 사랑하기 때문이다. 그녀는 신앙과 사랑의 대립적 갈등을 결코 융합시킬 수가 없었다. 어느 한 쪽만을 선택해야 했던 것이다. 그녀는 신앙을 택했고 더불어 제롬에게는 너무나 청순한 정신적 사랑을 바쳤던 것이다.

정신과 육체의 대립, 신앙과 사랑의 대립, 이들은 항상 이원적이면서도 또한 결코 서로 분리될 수 없는 모순을 지니고 있었다. 따라서 제롬이 알리사에게 몽상하고 있는 이상은 너무나도 현실과 동떨어진 것이었으며, 그 기대에 부응하기 위한 알리사의 고행은 결국 알리사의 죽음으로 치닫게 된 것이었다. 제롬은 알아야 했다. 알리사는 하나의 이념이기 전에 살아 있는 여성이었다는 것을 알아야 했던 것인데, 제롬은 너무 늦게 그것을 발견했던 것이다. 제롬은 알리사가 남긴 편지와 일기 속에서 비로소 그때까지 안개 속에 묻혀 있던 알리사의 본 모습을 보게 되는 것이다. 만일 그가 주저하지 않고 좀더 적극적으로 강력하게 나갔더라면, 지나치게 인간미가 없는 청교도주의적 도덕에 제롬이 정면으로 반대하고 나섰더라면, 알리사도 그를 적극적으로 사랑하게 되지 않았을까?

이러한 이야기를 통해 지드는 무엇을 말하는가? 그것은 다름 아닌, 인간에게 있어서 모순 그 자체가 삶을 피력하고 있는 것이다. 그가 어머니와 아버지의 양극단에서 성장한 것처럼, 그 양극단은 항상 두 개의 다른 세계가 아니라 서로 몰라볼 정도로 융합되고 조화되어 있는 세계임을 상기키시고 있는 것이다. 지드에게는 그것이야말로 인간 세계를 이루는 원천이었다.

작가연보

1869년 11월 22일, 파리의 메디시스 가에서 출생. 아버지 폴 지드는 파리 대학 법학부 교수로 남프랑스 출신이며, 어머니 쥘리에트는 북프랑스 출신임.

1877년(8세) 알자스 학원에 입학.

1880년(11세) 10월, 아버지가 장결핵으로 사망.

1887년(18세) 알자스 학원의 수사학반에 편입. 훗날 시인이 되는 피에르 루이스와 만남.

1888년(19세) 앙리 4세 공등학교로 전학. 고등학교를 퇴학하고 독학으로 대입 자격시험 준비에 착수함.

1889년(20세) 대학 입학 자격 시험에 추가 합격.

1890년(21세) 『앙드레 왈테르의 수기』 완성. 발레리를 알게 됨.

1891년(22세) 『앙드레 왈테르의 수기』를 익명으로 발표. 『나르시스론』 발표.

1893년(24세)　알제리 여행.『위리앵의 여행』『사랑의 시도』출판.

1895년(26세)　어머니 사망 후에 외사촌 누이 마들렌과 결혼.『팔뤼드』출판.

1897년(28세)　『지상의 양식』출판.『엘하지』발표.

1898년(29세)　『필록테트』『말라르메』발표.

1899년(30세)　『사슬을 벗어난 프로메테』출판.

1901년(32세)　희곡『캉돌왕』발표, 상연.『오스카 와일드론』집필.

1902년(33세)　『배덕자』출간.

1903년(34세)　희곡『사울』, 평론집『프레텍스트』출판.

1906년(37세)　『아민타스, 몹쉬스, 여행일기, 비스크라에서 투구르까지, 여행에
　　　　　　　의 결별』출판.

1907년(38세)　『탕아의 귀가』발표.

1908년(39세)　『편지를 통해 본 도스토예프스키』를 발표.

1909년(40세)　1908년에 폐간된 N.R.F를 다시 복간.

　　　　　　　『좁은문』을 연재한 후 출판.

1911년(42세)　『C.R.D.N』을 출판.『이자벨』『속 프레텍스트』출판.

1912년(43세)　『베사베』출판.

1914년(45세)　『교황청의 지하실』출판.

　　　　　　　프랑코 · 베르즈 협회의 난민구제 사업에 참여.

1919년(50세)　『전원 교향악』출판.

1920년(51세)　『코리동』및『한 알의 밀알이 죽지 않는다면』의 제1부를 익명으
　　　　　　　로 출판. 이듬해에 제2부, 1926년에 증보판을 출판.

1922년(53세) 『너도 역시……』를 출판.

1924년(55세) 평론집 『앵시당스』 출판.

1926년(57세) 『사전꾼』『사전꾼의 일기』 출판.

1927년(58세) 『콩고 기행』을 출판.

1928년(59세) 『드호로부터 돌아오다』 출판. 평론집 『지드 독본』 발행.

1929년(60세) 『여자의 학교』『편견없는 정신』 출판.

1930년(61세) 『로베르』 출판.

1931년(62세) 희곡 『에디프』 출판.

1932년(63세) 『앙드레 지드 전집』이 간행됨.

1935년(66세) 『새로운 양식』을 출판.

1936년(67세) 소련 작가 대회 참석. 『소련 여행기』 발표, 『미완의 고백』 출판.

1938년(69세) 『쇼팽에 관한 노트』 출판.

1939년(70세) 『일기』 출판. 희곡 『열 세 번째의 나무』가 상연됨.

1947년(78세) 노벨 문학상 수상.

1949년(80세) 수필집 『가을의 단상』을 출판.

1950년(81세) 『행동의 문학』 출판.

1951년(82세) 2월 19일 파리의 바노가의 자택에서 사망.